Yasmina Khad... Mohammed Moulessehoul, est né en 1955 dans le Sahara algérien. Écrivain de langue française, son œuvre est connue et saluée dans le monde entier. La trilogie *Les Hirondelles de Kaboul*, *L'Attentat* et *Les Sirènes de Bagdad*, consacrée au conflit entre Orient et Occident, a largement contribué à la renommée de cet auteur majeur. La plupart de ses romans, dont *À quoi rêvent les loups*, *L'Écrivain*, *L'Imposture des mots* et *Cousine K*, sont traduits dans 42 pays. Récemment, *Les anges meurent de nos blessures* (2013), *Qu'attendent les singes* (2014), et *La Dernière Nuit du Raïs* (2015) ont paru aux éditions Julliard.

Ce que le jour doit à la nuit – meilleur livre de l'année 2008 pour le magazine LiRE et prix France Télévisions 2008 – a été adapté au cinéma par Alexandre Arcady en 2012. *L'Attentat* a reçu, entre autres, le prix des libraires 2006, le prix Tropiques 2006 et le grand prix des lectrices *Côté Femme*. Son adaptation cinématographique par le réalisateur Ziad Doueiri est sortie en mai 2013 sur les écrans et a remporté de nombreux prix lors de festivals, notamment l'Étoile d'or à Marrakech.

En 2011, Yasmina Khadra a reçu le grand prix de littérature Henri Gal de l'Académie française pour l'ensemble de son œuvre. Ses ouvrages sont adaptés en diverses œuvres culturelles : cinéma, théâtre, bande dessinée, chorégraphie, films d'animation, spectacles de marionnettes...

LES AGNEAUX
DU SEIGNEUR

DU MÊME AUTEUR
CHEZ POCKET

LES AGNEAUX DU SEIGNEUR
À QUOI RÊVENT LES LOUPS
L'ÉCRIVAIN
L'IMPOSTURE DES MOTS
LES HIRONDELLES DE KABOUL
COUSINE K
L'ATTENTAT
LES SIRÈNES DE BAGDAD
CE QUE LE JOUR DOIT À LA NUIT
L'OLYMPE DES INFORTUNES
L'ÉQUATION AFRICAINE
LES ANGES MEURENT DE NOS BLESSURES
QU'ATTENDENT LES SINGES

YASMINA KHADRA

LES AGNEAUX DU SEIGNEUR

ÉDITIONS JULLIARD

MIXTE
Papier issu de
sources responsables
FSC® C003309

Pocket, une marque d'Univers Poche,
est un éditeur qui s'engage pour la
préservation de son environnement et
qui utilise du papier fabriqué à partir
de bois provenant de forêts gérées de
manière responsable.

Le Code de la propriété intellectuelle n'autorisant, aux termes de l'article L. 122-5 (2° et 3° a), d'une part, que les « copies ou reproductions strictement réservées à l'usage privé du copiste et non destinées à une utilisation collective » et, d'autre part, que les analyses et les courtes citations dans un but d'exemple et d'illustration, « toute représentation ou reproduction intégrale ou partielle faite sans le consentement de l'auteur ou de ses ayants droit ou ayants cause est illicite » (art. L. 122-4).
Cette représentation ou reproduction, par quelque procédé que ce soit, constituerait donc une contrefaçon sanctionnée par les articles L. 335-2 et suivants du Code de la propriété intellectuelle.

© Éditions Julliard, Paris, 1998

ISBN 978-2-266-20491-0

à mon père et à ma mère

« *Plus d'un s'entend à brouiller et à maltraiter sa propre mémoire de manière à se venger au moins d'un complice.* »

NIETZSCHE.

I

1

Le soleil maintenant se retranche derrière la montagne. Quelques mèches sanguinolentes tentent vainement de s'agripper aux nuages. Elles s'effilochent et s'éteignent dans l'obscurité naissante. Au bas de la colline, le village s'apprête à se terrer. Dans les ruelles tortueuses, les bruits se sont atténués. Seule une bande de galopins continue d'écumer les recoins, aussi ardente qu'un essaim de frelons.

Kada Hilal contemple sa cigarette d'un air absorbé. De temps à autre, il essaye de dire quelque chose ; tout de suite son cou ploie d'un cran et un soupir lui échappe.

À côté de lui, Jafer Wahab s'aperçoit que ses mains sont écorchées à force de tripoter les lacets de ses chaussures. Il s'adosse contre un caroubier, laisse son regard errer dans les champs puis, blasé, il ferme les yeux dans l'espoir de se soustraire à la désolation ambiante.

— Pourquoi tu viens pas avec moi à Sidi Bel Abbes ? lui suggère Allal Sidhom.

— Pour quoi faire ?

— Je toucherais deux mots à mon chef. Il est serviable.

Jafer esquisse un sourire.

— Je n'ai pas assez d'instruction pour faire carrière dans la police.

— Il n'y a pas que la police.

— Ne te fatigue pas. Je suis bon à rien. Et puis, je ne pense pas être en mesure de vivre loin de cette bourgade de malheur.

— Tu as raison, approuve Kada avec lassitude. Le vrai bled qu'on a, c'est ce patelin, et la seule patrie, c'est notre famille. Allal est flic. Il a tourné la veste. Il ne regarde plus les choses avec ses propres yeux, mais avec les *leurs*.

— Tu dis n'importe quoi, jette Allal.

— Tu es comme les femmes modernes, si tu veux mon avis. Tu crois t'émanciper, et tu ne fais que te dénaturer. Moi aussi, je croyais ce gigantesque pays à moi. Au bout de deux années d'école buissonnière, je me suis rendu compte que je tournais en rond comme une vis sans fin. Alors, je suis revenu. C'est vrai, il ne se passe jamais rien par ici, seulement on a l'excuse d'être parmi les nôtres... Jafer n'ira nulle part. Il restera ici, et c'est ici qu'il crèvera. Cette saloperie de pluie finira bien par s'attendrir sur notre sort, nos champs consentiront à se régénérer, nous aurons à boire et à manger, et de quoi bouder ce pays de parjure qui s'acharne à nous ignorer.

Kada Hilal chasse hargneusement une mouche. Ses mâchoires se crispent un instant avant de se remettre à rouler sur son visage constamment en rogne. Arrière-petit-fils d'un caïd tyrannique, il a été élevé dans l'austérité et le mépris des nouveaux gouvernants dont la *boulimie* lui a confisqué une bonne partie de son héritage. Rabaissé au rang des « roturiers », il ne pardonne pas à la promiscuité de l'avilir chaque jour un peu plus, lui qui rêvait, depuis sa plus tendre enfance, de reconquérir sa dignité et ses privilèges dans un bled en perpétuelle régression. De guerre lasse et par dépit il est devenu instituteur, et c'est avec une haine sans cesse grandissante qu'il milite au sein de la mouvance islamiste encore clandestine.

Il se retourne vers le policier, le regard incandescent.

— Tu estimes avoir réussi, Allal. D'autres, avant toi, ne se sont pas gênés pour le crier sur les toits. Puis, ils sont revenus traîner leurs guêtres et leur aigreur par ici, et personne n'a compati.

— N'importe quoi...

— Crois-tu ? Au début, on se fabrique une tête de mule, des œillères, et on fonce. On n'a qu'une seule idée fixe : foutre le camp. Mais on retourne à la case départ. Et là, c'est trop tard pour rectifier le tir. Mon oncle, le député, il a connu ça. Il se prenait pour une sommité. Résultat : il a fini sa vie à causer aux arbres, dans les bois, puisque personne ne daignait l'écouter... Fais gaffe, Jafer. Allal est flic, il n'a plus de crédibilité.

— Je ne suce plus mon pouce, grogne Jafer d'un air affecté.

Allal s'aperçoit que sa branche s'est cassée. Il

essuie ses mains moites sur ses genoux et se contente d'observer Zane le nain, perché tel un oiseau de proie sur une branche, de l'autre côté de la rivière.

L'odeur des arbres et des fourrés s'accentue. En contrebas, le village se ramasse autour de ses pénombres. Les mioches ont disparu. Un âne lance sa complainte incongrue à travers la campagne, vite étouffée par le jappement des chiens.

Kada s'allume une cigarette avec le bout de la précédente. Son visage n'est plus qu'une toile inexpressive, aussi insaisissable que sa bouderie.

— Quand j'essaye de faire l'inventaire de mon existence, dit Jafer, je découvre que ça ne mérite pas le détour. Vingt-sept ans de nullité. Des jours aussi blancs que les nuits. Tu te lèves le matin pour t'assoupir le soir, abruti de déjà-vu. Toujours les mêmes réflexes, et les mêmes futilités...

— Tu ne fais rien pour y remédier, non plus, lui reproche Allal.

— Il n'y a rien à faire, rétorque énergiquement Jafer qui a acquis depuis longtemps, au village, la réputation de partisan du moindre effort... Si j'avais eu le choix, j'aurais aimé être un lion. Non pour être roi — un roi, c'est beaucoup de tracasseries —, mais seulement un fauve peinard, proxénète à ses heures, avec un harem, une tripotée de rejetons, l'odeur des proies et un incommensurable sentiment d'impunité...

— Tu veux que je te dise ? s'insurge le policier. Un homme qui rêve d'être une bête ne mérite pas d'exister. Si tu tiens vraiment à faire quelque chose de ta traînée de vie, apprends à t'assumer.

— C'est quoi s'assumer ?

— C'est ne pas se fier à un flic, maugrée Kada.

— Ouais, s'énerve Allal. Tu restes là, à te tourner les pouces, et tu attends que le bon Dieu t'envoie Gabriel pour te rafraîchir avec ses ailes.

L'appel du muezzin retentit. Kada écrase machinalement sa cigarette contre une pierre, s'époussette et dévale la pente.

— On se retrouve après la prière ? lui demande Allal.

— Ça dépend.

— Nous serons chez moi.

Kada ébauche un geste vague et disparaît derrière les arbres.

La nuit se lève à l'horizon, semblable à un orage. Dans quelques instants, elle engloutira le village, la montagne, le monde en entier. Au loin, les hameaux se font passer pour des arbres de Noël. Une brise tente d'apaiser les bois éprouvés par la canicule. On l'entend s'écarteler sur les branches, bruire au fond des herbes. Les chiens du douar se remettent à hurler pour se repérer dans le clair-obscur, et la colline, un moment renfrognée, est gagnée par les stridulations de la forêt.

— J'ai une bouteille de vin à la maison, propose Allal.

Jafer dodeline de la tête. Un rire tintinnabule, bref et nerveux. Après une longue méditation, il frappe subitement dans ses mains.

— Et si on allait chez Mammy la pute ?

— Ma voiture est en panne.
— On prendra un taxi.
— Et au retour ? D'ailleurs, on a promis à Kada de l'attendre chez moi.
— Il ne viendra pas.
— Il viendra.

Jafer saisit son ami par le poignet, suppliant :
— C'est presque la fin de ta permission. Tu sais que je suis incapable d'affronter une putain si tu n'es pas avec moi.
— Pas ce soir. Et puis, Mammy ne reçoit que sur rendez-vous.

Jafer relâche son étreinte. De nouveau, il sombre dans le dégoût.

La maison de Allal Sidhom se trouve à la sortie du village, enfouie dans du nopal. C'est un gourbi aux façades croulantes, avec une porte en fer massive et un patio en disgrâce qu'éclaire parcimonieusement un réverbère. Allal y vit avec sa mère, une veuve furtive, et ses deux sœurs depuis longtemps fanées.

Les deux amis s'installent dans une pièce, l'un sur un banc matelassé, l'autre sur un tabouret. Des tentures délavées s'ingénient à minimiser la laideur des murs tandis qu'une ampoule nue a du mal à diffuser sa lumière à travers les chiures qui l'enveloppent. Sur une table de chevet rudimentaire, un portrait montre Allal, martial, dans son uniforme de gardien de la paix. Jafer fixe un instant la photo avant de la retourner d'une main énigmatique. Son geste n'échappe pas au policier.

— Tu as une maison, un salaire, une carrière... Quand vas-tu te décider à prendre femme ?

— Disons que l'élue de mon cœur n'a pas encore atteint l'âge requis, dit Allal.

— Tu as l'œil sur quelqu'un ?

— Les deux yeux.

— C'est un secret ?

— Peut-être...

Jafer quitte le tabouret et rejoint le policier sur le banc.

— Tu penses à la fille du maire, pas vrai ?

— On ne peut rien te cacher.

— Sarah ne voudra jamais sacrifier son confort pour un taudis comme le tien.

— Qu'en sais-tu ?

Jafer n'a pas l'air emballé. Sarah est un peu la vestale de Ghachimat. Il n'y a pas un seul jeune homme, au village, qui ne rêve d'elle.

— Ça va faire des jaloux, maugrée-t-il.

— J'en vois déjà un.

— Tu n'as aucune chance.

— C'est quoi la chance ?

Jafer ne répond pas. Il regarde le beau visage du policier, ses moustaches finement articulées autour d'un sourire captatif, ses yeux limpides, un tantinet inquiets. À vingt-six ans, Allal n'arrive pas à se défaire de sa frimousse d'enfant et de cette chose indicible qui rend sa présence réconfortante et son absence insupportable.

— Et si on reniflait le bouchon ?

Plus tard, Kada l'instituteur les trouve affalés sur le banc, ivres.

— Tu connais la dernière ? lui balbutie Jafer. Notre poulet compte nous ravir Sarah.

L'instituteur fronce les sourcils. Il ne dit rien. Il se contente de s'allonger sur une natte et de fixer le plafond, une lueur bizarre dans les yeux.

2

Issa Osmane se gratte l'énorme nez qui lui dévore la figure. Les os de sa nuque saillent davantage sous le regard sévère du maire. Derrière le comptoir, le turban défait, le cafetier suspend ses gestes et attend, avec ses clients, de voir s'abattre la foudre sur ce planton maudit que toute la bourgade déteste.

Issa a collaboré avec la SAS pendant la guerre. Il était alors le seul Arabe à fréquenter le réfectoire des soldats français. Certes, il ne mouchardait pas, ne brutalisait pas les siens, cependant, il péchait à cultiver son embonpoint à l'heure où les autres crevaient de faim et de fiel. À la fin de la guerre, les maquisards lui avaient confisqué ses biens et avaient décidé de le crucifier sur la place. Sans l'intervention de Sidi Saïm le vénéré, son cadavre aurait pourri sur la berge de la rivière.

À Ghachimat, la rancune est la principale pourvoyeuse de la mémoire collective. Aujourd'hui, Issa paie. Ses habits sont malodorants. Il mange rarement à sa faim. Lorsqu'il rase les murs, semblable à une ombre chinoise, il garde la tête basse et se fait tout petit... À Ghachimat, lorsqu'un homme désespère au point de friser l'apostasie, il va voir ramper le *traître* et, d'un coup, il reprend goût à la vie.

Le maire vibre de rage. D'un doigt effilé, il tapote sur la table pour ponctuer ses menaces.

— Si, dans cinq minutes, tu ne me rapportes pas la clef, abruti d'Issa, je t'arracherai la peau du dos avec mes propres mains. Hier, tu as égaré ma sacoche, et aujourd'hui la mairie va chômer à cause de tes étourderies...

Issa lisse misérablement le col élimé de sa veste.

— Qu'est-ce que tu attends ? hurle le maire.

Le vieillard sursaute d'abord, puis, terrifié, il se retire à reculons et se met à courir comme un possédé.

— Il est trop vieux, dit l'imam Salah de la table voisine. Déjà, dans sa jeunesse, il n'avait pas toute sa tête. Pourquoi ne pas le congédier ?

— Et qui fera mes courses ? rétorque le maire excédé. J'ai des charges, moi. Je ne peux pas être au four et au moulin.

— Engage quelqu'un d'autre.

Le maire retrousse les lèvres en un rictus méprisant :

— Les gens préfèrent se fossiliser au pied d'un arbre plutôt que de se rendre utiles une fois par hasard. Tiens, regarde-les, ajoute-t-il en montrant dédaigneusement les paysans attablés autour de lui. Ils n'ambitionnent rien d'autre que de se substituer aux chaises sur lesquelles ils sont assis.

Les paysans se réfugient derrière leurs tasses. Le

maire les toise avant de se dresser, jette les basques de son burnous par-dessus ses épaules et rugit :

— Un jour, il va falloir les déloger d'ici à coups de bulldozer. Les enfants, pour les faire, ils sont champions. Quant à les nourrir (il montre le ciel), ils délèguent le bon Dieu. Sais-tu, cher imam révéré, pourquoi les ronces et les pierres envahissent nos champs chaque année un peu plus ?...

L'imam hoche la tête, compréhensif.

Le maire lève les bras dans une imprécation et s'en va furieusement. Le cafetier se met à astiquer son comptoir. Rapidement, les tables recommencent à geindre sous la hargne des joueurs de dominos.

Tej Osmane essuie ses mains dans un torchon accroché à la poche arrière de son pantalon et rabat le capot de la Peugeot. À cet instant, son père, Issa, passe en courant devant le garage, les coins de la bouche effervescents d'écume.

— Qu'est-ce qu'il y a encore ? s'écrie le fils.

Issa n'a pas le temps de s'arrêter. Il agite une main embarrassée et se précipite vers son taudis au bout de la ruelle.

Tej gonfle les joues et lâche un soupir.

De l'autre côté de la chaussée, en face du garage, Haj Maurice est effondré dans sa chaise en osier, le visage écarlate, un large éventail à la main. À quatre-vingts ans, Haj Maurice n'attend plus rien de la vie. Aussi s'exerce-t-il aux épreuves du farniente. Lorsqu'on lui reproche sa paresse excessive, il rétorque : « Je m'arabise », et cela suffit pour calmer les esprits. Autrefois, Maurice travaillait comme régisseur chez les Xavier. Il était entreprenant, sans histoires, honnête avec ses employeurs et correct avec les saisonniers. Après la guerre, suite aux intimidations et aux lettres de menace et devant le massacre des harkis, il a ramassé en catastrophe quelques gilets de corps et est parti en France, un pays qu'il n'avait jamais connu auparavant. La grisaille persistante de Lyon le rendait malheureux. C'était une ville horrible, bruyante, où l'on croisait rarement son propre voisin de palier. Le soleil de sa terre natale, la spontanéité des fellahs ne tardèrent pas à lui manquer. N'en pouvant plus de languir de son bled, il prit son courage à deux mains, sauta dans le premier paquebot et revint à Ghachimat où les bergers savaient flûter mieux que les merles, où la chaleur humaine n'avait d'égale nulle part ailleurs. La *réinsertion* exigeait d'énormes concessions. Maurice fut tour à tour maçon, veilleur de nuit, sous-fifre puis maître d'école. Il épousa une musulmane qui ne lui donna pas d'enfants, mais qui excella à le lui faire oublier. Lorsque ses réflexes se sont émoussés, il a bénéficié d'une retraite et entrepris de se laisser aller au gré de ses somnolences. Avec l'âge, il est devenu gros et sage, et c'est avec infiniment de délectation qu'il s'est initié aux douceurs indicibles de l'oisiveté.

— Viens prendre un verre de thé avec moi, Tej.

Le mécanicien consulte sa montre, puis il va s'accroupir devant le vieillard. Haj Maurice agite l'éventail pour rafraîchir ses bajoues ruisselantes.

— Ta pompe marche bien ?

— À merveille, dit le vieillard. Et dire que cet enfoiré de Slimane a failli la bousiller. En plus, il voulait que je le paie. Il me prend pour le bon Samaritain ?

Tej déterre un caillou, le soupèse et le remet dans son trou. Sa voix vacille :

— J'ai beaucoup apprécié ton intervention, l'autre jour.

— Bah ! fait le vieillard. Les gens ne sont pas bien méchants. C'est la misère qui l'est. Ton père n'a jamais fait de tort à une mouche. Je me souviens, quand un paysan se faisait renvoyer, il s'arrangeait toujours pour le recaser. Malheureusement, on a tendance à ne retenir que ce qui nous arrange.

— Je tenais à te le dire.

— C'est fait. N'en parlons plus.

Haj Maurice lève les yeux et suit les voltiges d'un couple de moineaux. Des nuages haillonneux s'obstinent à se défaire au-dessus de la montagne, constamment blanchâtres et inutiles. Sur les flancs de la colline, un troupeau de moutons broute dans la poussière pendant qu'un jeune berger, terrassé par la fournaise, sommeille sur un rocher.

Tej repose son verre, voyant son père remonter la rue à toute allure en agitant une clef au bout de la main.

— Je l'ai trouvée ! je l'ai trouvée...

Il passe devant son fils, haletant, fébrile, les yeux exorbités d'une joie absurde, éclatante comme une délivrance. Haj Maurice se détourne par décence. Tej rejoint son atelier, range ses outils et actionne un tour au fond du garage. Ses gestes, subitement, sont chargés d'une sourde furie.

— Alors, le ferrailleur, dit Jafer dans son dos. Elle est prête, notre charrette ?

Tej pivote. Derrière Jafer, Allal le policier et Kada l'instituteur lui font un petit salut de la main.

— Je l'ai retapée.
— C'était quoi ? s'enquiert le policier.
— Le carburateur commençait à s'encrasser.
— Je te dois combien ?
— Laisse tomber. C'était un plaisir.

Allal insiste pour lui glisser un billet dans la poche. Le mécanicien finit par l'accepter. Il prend Kada par le bras, l'éloigne discrètement du groupe et lui confie :

— Cheikh Abbas est sorti de prison, ce matin.
— Je suis au courant... On va en ville. Tu as besoin de quelque chose ?

Le mécanicien réfléchit :

— Si tu vas à la grande mosquée, tâche de te procurer le livre dont je t'ai parlé.

Allal fait ronfler le moteur, à la grande joie de Jafer installé à côté de lui. Kada saute sur la banquette arrière.

Au sortir du village, Jelloul le Fou se met au garde-à-vous en voyant arriver la Peugeot et porte sa main à sa tempe dans un salut militaire. La voiture escalade un talus et fonce sur la piste en soulevant une large écharpe de poussière. Elle passe devant la résidence du maire. Sarah est là, assise avec sa mère dans le jardin. Les trois amis se retournent d'un bloc vers elle, mais son regard azuré choisit d'éclairer celui du policier. Les trois jeunes gens frémissent, chacun de son côté, en se gardant de hasarder des paroles susceptibles de trahir leurs intimes pensées.

3

Ramdane Ich est content. Son fils Abbas est revenu. Les gens affluent dans son patio, chargés de présents. Il les autorise à se blottir contre sa poitrine et consent, par moments, à les laisser lui baiser la tête. Ses cousins se dressent à côté de lui, altiers déjà, refusant de s'attarder sur la joie mensongère de ceux qui, le jour où les gendarmes sont venus arrêter leur garçon, se sont gardés de partager leur émoi. Ramdane n'a pas oublié, lui non plus. Mais les gens, en se prosternant presque à ses pieds, lui insufflent une telle fatuité qu'il daigne se montrer indulgent. Il a chargé Issa Osmane d'égorger sept béliers aux cornes tourbillonnantes et il a mobilisé les meilleures cuisinières de la région pour que le retour de son fils reste à jamais gravé dans les mémoires.

— C'est un jour béni, déclare l'imam Salah en serrant avec force Ramdane contre lui. Où est notre cher enfant ? Il me tarde de le saluer.

Et Ramdane, avec cette arrogance dont seuls les héros d'un jour sont capables :

— Il se repose dans sa chambre. Il ne faut pas le déranger.

Le maire en personne s'est déplacé, sa cour communale autour de lui. Pour une fois, il renonce aux usages qui le mettent au-dessus de tous et accepte volontiers de se déchausser avant de se joindre aux notables dans le salon.

Dans la pièce voisine, Hajja Mabrouka se veut la victime expiatoire. Les femmes se rallient pour la consoler.

— Allons, Hajja, ton fils est auprès de toi maintenant.

La mère s'abreuve de ses larmes. Elle pousse le chagrin jusqu'à s'évanouir de temps à autre. Son visage est lézardé de traînées de rimmel et ses cheveux, le matin soigneusement relevés, débordent le foulard et viennent mourir sur ses épaules tressautantes.

— Laissez-la vider son cœur du fiel qui a failli la tuer, ordonne une énorme ménagère aux nuées de femmes agglutinées autour de la mère éplorée.

Ramdane est subitement bouleversé par les sanglots mugissants de son épouse et les interminables témoignages de sympathie. Il charge ses cousins de s'occuper de la fête et s'excuse auprès de ses invités de devoir se retirer un instant.

— Tu es tout pardonné, le rassure-t-on. Nous *comprenons,* va.

Dehors, un corbeau traverse le ciel en croassant. Son ombre glisse sur le vallonnement du sol et se perd dans celle des cactus.

Le cheikh Abbas est un jeune homme de vingt-cinq ans. Ses fréquents séjours en prison ont conféré à son visage quelque chose de messianique. Il trône au fond de la salle, assis en fakir sur des coussins, le regard profond et le chapelet à la main. Ses ouailles se coudoient autour de lui, couvant en silence ce personnage charismatique que les geôles des *taghout* n'ont pas réussi à faire fléchir. Le cheikh Abbas est le plus jeune imam de la région. À dix-sept ans, il officiait déjà dans les mosquées les plus renommées, étalant un savoir immense et développant une rhétorique qui laissait sans voix les plus habiles des orateurs. Il sait mieux que personne allier les hadiths aux citations des poètes. Lorsqu'il harangue les prévaricateurs et les sbires du pouvoir, c'est à peine si ses paroles incendiaires ne les immolent pas. On raconte qu'il est parvenu à convertir tous les délinquants qui croupissaient derrière les barreaux.

Pour le commun des mortels, cheikh Abbas est un signe du ciel. S'il ne porte pas le Message, il n'en demeure pas moins le digne serviteur. C'est du moins ce que se disent les convives en piochant dans le couscous, le menton ruisselant de sauce et les dents ficelées de filandres de chair.

Cheikh Abbas ne mange pas. Il se tient sur son trône, superbe de retenue, et il regarde paître son troupeau avec une rare sérénité.

— On ne l'a pas brutalisé ? s'inquiète Zane le nain entre deux bouchées rapidement ingurgitées.

— On ne brutalise pas un saint, s'indigne un colosse en dévastant de ses doigts frénétiques un gigot. Cheikh Abbas est un esprit. Aucune main ne l'atteint, aucune chaîne ne le retient.

Le nain constate que son indiscrétion lui a coûté son morceau de viande. Il fonce aussitôt sur le plateau voisin.

Tej Osmane, le fils de Issa la Honte, ne mange pas, lui non plus. Depuis qu'il a réussi à se frayer une place à côté du cheikh, il s'y accroche de toutes ses forces. La proximité de Abbas est jalousement convoitée. Il sait que beaucoup lui en veulent déjà pour ce *sacrilège*. S'il se fait tout petit, c'est justement pour échapper aux regards outrés qui n'en finissent pas de s'envenimer.

À chaque fois que le cheikh se trémousse, ses proches se figent, à l'affût d'un ordre et d'un geste. Abbas ne dit rien. Quelques amis s'évertuent à nigauder dans l'espoir de lui arracher un sourire. Vainement. Cependant, au gré des simagrées, il lui arrive de lever les yeux sur un amuseur, et cela suffit pour rendre tout le monde heureux.

— Désolé de devoir me retirer, dit Allal le policier en s'essuyant les mains dans un torchon. C'est la fin de ma permission. Je rentre demain de bonne heure.

Le cheikh observe une minute de silence, comme s'il ne comprenait pas, ensuite il dit, affable :

— Merci d'être venu.

— J'aurais aimé rester encore un peu...

— Je n'en doute pas. J'ai été heureux de te revoir. Avant de nous quitter, permets-moi de t'offrir un présent.

Le cheikh n'a pas le temps de frapper dans ses mains que Smaïl, un gigantesque cousin, s'empresse de lui remettre un boîtier soigneusement enveloppé dans du papier étincelant.

— Voici un Coran, explique le cheikh. Une édition rare. C'est un éminent artisan mecquois qui l'a conçue.

Le policier prend l'ouvrage avec infiniment de précautions et se lève.

— Allal Sidhom, ajoute le cheikh, j'ai pensé à toi ces derniers temps. Tu es un garçon bien. J'apprécie ta droiture.

Allal salue et quitte la salle, Jafer à ses trousses. Dehors, la nuit a avalé la montagne. Les ruelles sont désertes, à peine hantées par quelques chiens ébouriffés.

— Il t'a béni, le félicite Jafer. Rarement Abbas s'est adressé aux enfants du douar de cette façon.

— On s'est toujours respectés.
— Je croyais que tu rentrais mardi.
— On m'a rappelé. Paraît que c'est urgent.
— Tu vas me manquer.
— Trouve-toi un boulot.
— Ne remets pas ça, s'il te plaît.

Allal s'arrête pour dévisager son ami.

— Idiot. Quand vas-tu te faire une raison ? Tâche de te débarrasser de cette mine sinistre et retourne auprès des Ich car ils vont penser que tu n'as pas de considération pour leur fils.

Le policier s'éloigne. Son ombre est aussitôt gobée par les ténèbres. Jafer reste un instant à écouter crisser la poussière sous les pas de son ami avant de retourner à contrecœur chez les Ich.

Sarah perçoit vaguement l'appel du muezzin au milieu du gazouillis des oiseaux. Ses grands yeux s'écarquillent dans son beau visage ensommeillé. Soudain, elle se souvient de quelque chose, saute hors du lit et court à la fenêtre. Sans écarter le rideau, elle scrute le dehors.

Un coq s'érige en haut d'une palissade, le cimier vaillant. Son chant part très loin remuer l'obscurité. À cet instant, la vieille Peugeot de Allal vient s'arrêter à quelques mètres du portail.

D'une main hésitante, Sarah soulève un pan du rideau comme on soulève un tabou. Son cœur bat si fort qu'il menace de réveiller la maison.

Allal le policier croit voir bouger le rideau à la fenêtre du premier étage. Il ne distingue pas la silhouette de Sarah, mais il sait qu'elle est là, comme d'habitude, il n'insiste pas. À Ghachimat, et pour se préserver du mauvais œil, les amours se cachent pour mûrir. Il lui adresse un signe furtif et pousse sa voiture sur la piste.

Jelloul le Fou se tient à croupetons sous un olivier, avivant un hypothétique feu de bivouac. En entendant le vrombissement de la Peugeot, il se relève et porte sa main à la tempe. Même lorsque le policier passe au loin, Jelloul lui rend les honneurs.

Sarah retourne dans son lit, s'adosse contre l'oreiller et laisse ses doigts froisser les draps à les déchirer.

4

Ammar le cafetier installe les tables sur la terrasse de son établissement. Quelques clients matinaux s'impatientent sur le trottoir en face, les paupières tuméfiées. Ils guettent un signe pour se ruer sur les jeux de dominos que les premiers servis refuseront de céder aux retardataires. À Ghachimat, tout le monde se dispute une place au café, attaquant la journée par de tonitruants doubles-six et la clôturant par des doubles-blancs frustrants. On se visse aux chaises, qu'on ne quitte pas avant la tombée de la nuit. Du matin au soir, l'estaminet est ébranlé par le fracas des pions si bien qu'en rentrant chez lui, Ammar a la tête qui crépite jusque dans le sommeil.

Issa la Honte s'adonne à une corvée de secteur autour de la mairie. Un sachet à la main, il traque les mégots, les papiers et autres ordures. Assis sur le perron, Maza le portier le regarde s'échiner en ricanant. De temps à autre, il le hèle pour lui désigner du menton un reste de cigarette oublié. Issa s'exécute avec un stoïcisme déconcertant et feint de ne pas remarquer la jubilation du portier.

— Tâche de ne pas les fumer après.

Issa improvise un sourire et acquiesce.

— Ne t'arrête pas, faux jeton. Il y a encore cette crotte là, sous ton nez.

L'imam Salah passe devant la mairie, la mine défaite.

— Bonjour, cheikh, lui lance le portier.

— Il n'y a de bon que Dieu, grommelle l'imam. Quand on bute, le matin, sur un ivrogne qui n'a pas trouvé meilleur endroit pour cuver son vin que le pas de la mosquée, on n'a plus rien à attendre de sa journée. Bientôt, ce village sera tellement infesté par les soûlards que nos derniers saints patrons finiront par foutre le camp d'ici.

Le portier ouvre les bras en signe de désarroi :

— Où va-t-on comme ça, mon bon imam ?

— En enfer, mon fils, en enfer.

L'imam parti, le portier écrase sa cigarette sur une marche, la balance d'une chiquenaude sur le trottoir et hèle de nouveau Issa pour la lui montrer.

La mère de Jafer Wahab manque d'imploser en trouvant son fils encore au lit.

— Tu vas lever comme une pâte. Allez, ouste. Il faut que je fasse le ménage.

Jafer remue paresseusement sous ses couvertures.

— Quelle heure est-il ?

— Depuis quand tu t'intéresses à l'heure ? Ton père et tes frères se tuent à curer le puits, et toi, tu t'en fiches.

— Mon père ne tirera rien de bon de cette foutue terre, grogne Jafer d'une voix ensommeillée. Je le lui ai dit. Il ne veut rien entendre. Tout le monde sait qu'il n'y a pas d'eau dans le puits. Il creusera autant qu'il voudra, il finira probablement par toucher le fond une fois pour toutes, mais pas une seule goutte d'eau. À sa place, je vendrais les champs, m'achèterais un petit commerce et vivrais en rentier. Nous aurions une maison au lieu de ce chenil et, pourquoi pas, une voiture pour voir du pays. C'est pourtant si simple. Chacun a sa part du bonheur à portée de la main. Il suffit de tendre le bras. Mais mon père est un misérable. Il se méfie de tout ce qui ne le fait pas souffrir.

— Si seulement ton bras était aussi long que ta langue, dit la mère la mort dans l'âme.

Jafer passe d'abord chez Kada l'instituteur. Il ne le trouve pas. Il retourne sur la place voir le souk itinérant déployer ses échafaudages de fortune. Des fourgons délabrés et des charrettes encombrent l'esplanade dans un chaos indescriptible. Les ménagères déambulent d'un étal à l'autre, reniflant le poisson, soupesant les melons et chassant les mouches qui assiègent les quartiers de viande exposés sur des planches crasseuses. Un boucher ventripotent susurre aux passants :

— Il vous fondra sur le bout de la langue. C'est de l'agneau de lait, égorgé ce matin. Il n'y a pas de risque, mon fils est vétérinaire.

Jafer est rapidement repoussé par la puanteur. Il descend du côté des Sidhom dans l'espoir absurde de rencontrer le policier, tourne en rond puis, blasé, il va flâner dans les champs. Au bas de la colline, il surprend Mourad et sa bande en train de fumer du kif, dans un repli de la rivière. Mourad a déjà les yeux révulsés. Son frère Boudjema tète avidement une cigarette ratatinée sous le regard de Lyès le ferronnier. Zane le nain glousse dans son coin en se frottant les mains à la manière d'un crabe. Il a arraché les ailes à une mouche et il l'a déposée au fond d'un trou dans le sable. La bestiole effarouchée tente de remonter la pente. Le sable cède sous ses pattes, et elle dégringole. Soudain, une petite bosse éclôt sous elle, et une fourmi-lion lui saute dessus. En un tour de passe-passe, le sable se referme sur le prédateur et sa proie, laissant le nain aux anges.

— Tu as l'air d'un chiot abandonné, dit le ferronnier à Jafer. Ton copain le flic t'a encore laissé tomber ?

— C'est la vie.

— Tu veux un joint ? Je te fais un prix d'ami. Si tu es fauché, tu me payeras après.

— Ce sera à tes risques et périls.

De l'autre côté de la rivière, des arbustes aux allures de mendiants vacillent sous les sautes d'humeur d'un vent vétilleux. Une souris des champs montre sa petite tête fuselée au milieu des galets, alerte, regarde dix fois autour d'elle avant de hasarder ses moustaches dans une flaque d'eau. La chaleur se déhanche sur les pierres surchauffées, appauvrissant l'air et décourageant les initiatives. Jafer attend un joint qui ne viendra pas. Son amertume voile son visage d'un litham grisâtre. Sans savoir pourquoi, il raconte :

— Mon père m'a dit : Si tu réponds par un seul oui aux trois questions que je vais te poser, j'accepterai de te laisser prendre la femme que tu veux. As-tu un boulot ? J'ai dit non. As-tu une fortune personnelle ? J'ai dit non. As-tu un toit ? J'ai dit non. Alors, mon père a ouvert les bras et m'a dit : Il ne te reste plus qu'à prendre ton mal en patience, mon fils.

Le ferronnier le dévisage un instant, se renverse sur le dos et dit avec lassitude :

— Tu es en train de perdre la boule, mon vieux.

— C'est aussi mon avis.

Zane le nain pousse un cri incongru en brandissant son poing comme un trophée. Immédiatement, il s'aide de son autre main pour neutraliser la mouche, l'effeuille dans un gloussement et la balance dans le nid du fourmi-lion. Jafer en est affligé. Il se relève et dit :

— Si c'est pas malheureux.

5

— Je n'irai pas m'abaisser devant cette morveuse. Et puis, il n'a jamais été dans mes projets de m'allier à une famille d'arrivistes prétentieux.

La mère de Kada l'instituteur tangue, la bouche salivante d'indignation. Chaque cri soulève, dans un ressac, ses lourdes mamelles et fait vibrer ses hanches éléphantesques. Ses yeux injectés de sang mitraillent les alentours.

— Une sale pisseuse qui se conduit en sultane parce que son épouvantail de mari est le maire. Elle a vite fait d'oublier le temps où elle s'amenait dans notre ferme, pieds nus et transie, les narines ruisselantes pour butiner dans nos poubelles. Il fallait la voir, osant à peine dire merci lorsque je glissais des sous dans sa main faussement fuyante. Et, d'un coup, le ciel s'ouvre pour elle, la voici adulée par des bandes de commères si bien que lorsqu'on va la voir elle prend des airs supérieurs et dit qu'elle attend du monde... Non, je n'irai pas m'abaisser devant elle. Plutôt crever.

Kada est assis dans le patio zébré de filaments de

lumière qui filtrent à travers les roseaux. La voix de sa mère résonne à ses tempes telle une crue.

— Assez ! hurle-t-il en se redressant.

La mère comprend tout de suite que son fils a cédé sous l'emprise du démon.

— Écoute, lui dit-il d'une voix inquiétante, il est révolu le temps où l'on choisissait pour son fils une bête de somme sachant se taire et obéir au doigt et à l'œil. Aujourd'hui, l'amour, ça existe. Et *j'aime* Sarah. Le maire, sa femme, ta vanité, les commérages, je m'en fiche. Ce que je veux, c'est Sarah. Et toi, ma mère, malgré les affronts possibles et imaginables, simplement parce que je le *veux*, tu vas prendre tes filles, un plateau de friandises, et aller demander sa main.

— Il n'en est pas question.

— Je crains fort que ça soit là toute la question (son ton devient rauque, venimeux). J'ai fait beaucoup de concessions, dans ma vie. J'ai accepté d'être instituteur de campagne alors que je rêvais d'être aviateur. J'ai accepté d'être *ton* chiot alors que je voulais voler de mes propres ailes. À chaque fois que j'envisageais de tenter ma chance, tu te jetais à mes pieds pour que je reste à portée de ton égoïsme. Aujourd'hui, j'aime une fille et je veux l'épouser. Fille du diable ou fille de roi, elle est la fille que je veux, un point, c'est tout. Et cette fois, je ne lâcherai pas prise. *Plutôt crever.*

— Que lui trouves-tu de plus que tes cousines ? Elle est si mince et si pâle qu'on la croirait agonisante.

— Ce n'est pas ce que je crois.

— Elle a dû t'ensorceler. Y a pas de doute, elle t'a envoûté. Demain, à la première heure, j'irai consulter un conjurateur.

— Tu iras demander sa main. Sarah est convoitée par de nombreux prétendants. Déjà Allal le flic projette de l'épouser. Et il n'est pas le seul. Il faut agir vite. Si jamais tu essayes de me mettre les bâtons dans les roues, mère chérie, je chargerai tante Yamina de me représenter.

— Ah, non, pas cette vipère. Je ne le supporterais pas.

La mère et le fils se regardent longuement. Elle, congestionnée ; lui, sombre. Jamais elle ne l'avait soupçonné d'une détermination aussi farouche, aussi *suicidaire*. Elle dodeline de la tête, abattue.

— Je ne me souviens pas d'avoir failli dans ma piété, sanglote-t-elle nerveusement. Souffrir une mauvaise sœur, c'est acceptable, un mauvais mari, c'est tolérable, mais son propre fils, son propre avorton, c'est abominable.

Elle s'effondre sur un banc, telle une chimère foudroyée.

Kada ne ferme pas l'œil de la nuit. Tantôt allongé sur son lit, tantôt arpentant sa chambre, il attend le matin. Ses innombrables livres religieux ne parviennent pas à le distraire. À chaque fois qu'il en ouvre un, les pages s'évanouissent, et ce sont les yeux de Sarah qu'il voit. Un sentiment de déloyauté envers Allal le policier grignote le tréfonds de son être. Rapidement, il refuse de se culpabiliser et estime qu'il a autant le droit que n'importe qui de prétendre à la fille dont il rêve.

L'aube finit par arriver. Kada accomplit ses ablutions et s'attarde en prière. Dans la pièce voisine, la mère s'insurge :

— Il faut que cette morveuse comprenne que les vrais honneurs sont ceux dont on hérite, et non pas ceux qui se font et se défont au gré des promotions. Je suis une Hilal, moi. Dans mon temps, on m'appelait *Lalla*.

Pendant une heure, elle reste face à son miroir, relevant un à un ses cils, ses cheveux, camouflant sous des touches de fard les rides et les bourrelets de chair qui la défigurent, regrettant le malencontreux grain de beauté verdâtre qu'un tatoueur lui a gravé sur la joue. Ensuite, elle met une éternité à choisir, parmi ses bijoux, les pièces les plus imposantes.

Kada, lui, arpente la véranda, les doigts tressés dans le dos. Le patio des Hilal a connu de grands moments de gloire. Construit par l'arrière-grand-père, qui avait pour le faste et l'ostentation une adoration mystique, il se déployait plus bas, orné d'arcades et de dalles. Le jour de l'aïd, on y recevait des dizaines de notables, et les méchouis s'alignaient tout au long de l'esplanade. Sur les photos que conservent les albums de famille et que la mère s'empresse de dérouler devant ses amies, on peut contempler les vergers qui n'en finissaient pas d'offrir abricotiers, cerisiers, amandiers dans de magnifiques noces ; la valetaille sanglée dans ses gilets brodés, le chèche luisant d'apprêts et le séroual bouffant ; le grand-père tel un pacha au milieu de ses courtisans ; les grands dattiers qui balisaient somptueusement la propriété ; l'écurie où, raconte-t-on encore, on élevait les plus fabuleux pur-sang du pays... Plus rien ne subsiste de cette féerie sinon la maison vieillissante, un empan de l'esplanade et quelques arbres rachitiques. Le reste a été confisqué par la Révolution agraire et livré aux taudis des « roturiers ». Dans les anciens jardins, ces derniers ont tracé, qui des carrés d'oignons, qui des parterres grotesques que sillonnent en permanence des rigoles grouillantes de larves et de moustiques.

La mère apparaît enfin, ses filles derrière elle.

— Restez sobres, dit Kada.

— Pourquoi ne pas venir avec nous ? demande la mère. Tu ne vas tout de même pas nous apprendre les bonnes manières. Je suis fille de caïd. Ce n'est pas devant une ancienne gueuse que je risque de m'embrouiller.

Elle l'écarte d'une main dédaigneuse et sort, le nez en l'air, l'œil réducteur.

— Tu as lu le livre que je t'ai conseillé ? demande Tej Osmane en se casant confortablement dans la chaise en osier.

Kada est agacé par le sans-gêne du mécanicien. Jamais ce dernier n'avait osé franchir le seuil des Hilal auparavant. Il préférait attendre dans la rue, l'oreille basse. Lorsque Kada prenait tout son temps, il continuait d'attendre sous le soleil ou sous la pluie. À peine se permettait-il de s'abriter à moitié sous la porte cochère. Depuis le retour de cheikh Abbas, le fils d'Issa la Honte s'applique de façon discrète mais laborieuse à recouvrer un semblant de contenance. Son ton s'affermit chaque jour, prudent certes, mais avec suffisamment d'opportunité pour éviter d'être éconduit. Ses gestes prennent de l'ampleur au fil des conciliabules et son regard, d'habitude fuyant, apprend, petit à petit, à effleurer celui des autres avec audace. Chasseur d'estime, il est constamment à l'affût de la moindre occasion susceptible de l'élever d'un cran. Le cheikh Abbas le traite bien. Déjà, quelques Frères le *sollicitent*. Tej ne refuse rien à personne. C'est sa façon, à lui, de cautionner sa réhabilitation. À chaque preuve de gratitude, aussi peu évidente soit-elle, c'est une large part de sa citoyenneté qu'il reconquiert. Les petites insinuations assassines qui l'aiguillonnaient çà et là, le silence significatif qui sanctionnait ses intrusions, enfin tous ces agissements mesquins qui le tourmentaient commencent à s'apaiser, et la toile, qui le retenait captif de la *faute* de son père, à s'étioler telle une vulgaire guenille. Tej Osmane est en train de *naître*. Tout à fait. Le jour qui accouchera définitivement de lui aura un goût de cendre. Cela, à Ghachimat, les gens le savent et en tremblent !...

— Je te trouve bien distrait, l'instituteur.

— Je ne suis pas bien.

Tej porte son pied sur son genou et présente la semelle de sa chaussure à son hôte. Kada n'apprécie pas. Tej le sait ; comme l'autre se contente d'un silence renfrogné, le mécanicien s'enhardit :

— C'est parce que tu t'isoles, c'est tout. Tu viens rarement écouter le cheikh. Quand je te recommande un livre, tu montres peu d'empressement à le parcourir...

— Je traverse une zone de turbulences. J'ai besoin de me situer par rapport à ce qui m'arrive.

— Tu as raison. Si tu veux t'acheminer vers la sainte vérité, remets-toi en question à chaque fois que tu doutes... C'est quoi, ton problème ?

— Ce n'est pas vraiment un problème.

— Tu veux qu'on en parle ?

— C'est intime.

Tej perçoit nettement la remise à l'ordre et feint de l'ignorer.

— Les amis, c'est surtout pour les choses délicates.

Kada se tait. Il fait exprès de bouder dans l'espoir de voir le mécanicien s'en aller. Tej ne s'en va pas. Il prend un malin plaisir à rester là, à contempler la véranda, le jardin et les vestiges d'un règne aujourd'hui mutilé.

— C'est une belle demeure, reconnaît-il. Mais l'ostentatoire est tellement éphémère... Quand vas-tu laisser pousser ta barbe, Kada ? Le cheikh y tient. Il faut marquer la différence. Après tout, c'est une sunna...

— Tej, s'il te plaît.

Tej lève les mains en signe d'excuse. Il va dans le jardin s'accroupir devant les fleurs. L'instituteur paraît choqué de voir le fils d'Issa s'intéresser à la nature, lui, qui, à longueur de journée, dégouline d'huiles usées. Il accuse même un frisson, comme une répulsion, lorsque la main du mécanicien s'empare d'une tige à la broyer.

— J'ai toujours rêvé d'un jardin avec un tas de giroflées, de primevères, du lierre sur les pierres et quelques grenadiers.

Kada ne dit rien.

Tej retrousse les lèvres sur un sourire cynique. Ses yeux, soudain, ressemblent à deux braises ardentes.

— Il faut que je file, dit-il. C'est l'heure d'aller chercher le cheikh.

Il sort en laissant la porte ouverte derrière lui.

— Traînée dans la boue par mon propre fils, se déchaîne la mère en rentrant dans le patio. J'aurais dû l'étouffer entre mes cuisses au moment où je le mettais au monde.

Sans un regard pour son fils, elle traverse en tornade la cour et s'engouffre dans la maison, ses filles à ses trousses.

L'instituteur ne bronche pas. Pendant trois minutes, il reste interdit dans son coin. Puis, sa pomme d'Adam se met à tressauter et ses mains, agrippées à son kamis, à blanchir aux jointures. Longtemps, il se retient, luttant contre le besoin de ravager tout autour de lui. La colère déferle en lui, ululante, chaotique.

Sarah ne sera pas sienne.

C'est à partir de ce jour qu'il se laisse pousser la barbe, et nul ne saurait dire si c'est pour se conformer aux recommandations de cheikh Abbas ou pour porter le deuil d'un vieux rêve d'enfant.

II

6

Dactylo est l'écrivain public de Ghachimat. Personne ne sait d'où il vient. Un matin de 63, le village l'a découvert à l'endroit qu'il occupe aujourd'hui, à l'entrée de la mairie, sous un immense platane, assis derrière une table pliante, une rame de papier à portée d'une main et, de l'autre, une machine à écrire. Au début, on cherchait dans ses yeux quelque lueur démentielle. À cette époque, le pays émergeait de la guerre, la mémoire sinistrée, et les fous étaient légion. Mais Dactylo paraissait normal. Ses gestes étaient cohérents. Il y avait juste cette frénésie étrange qui s'emparait de lui dès qu'il se mettait à taper sur son clavier et qui divertissait plus qu'elle n'inquiétait les badauds. On pensait qu'il allait bientôt ramasser son attirail de misère et disparaître comme il était venu. Dactylo est resté.

La bourgade lui plaisait. Ghachimat ressemblait aux siens. Tranquille, paresseuse, l'idée de devenir un gros village ne lui effleurait même pas le pertuis. Pour elle, il ne s'agissait pas de polluer et de se défoncer pour exister ; il suffisait simplement d'être là, au bout d'un chemin ou au détour d'un tertre, assise en tailleur au milieu de ses vergers, pour se croire l'épicentre du monde. Ses gens avaient le sourire facile, l'élan franc, et, contrairement à la faune citadine, ils étaient désintéressés.

Dactylo eut le coup de foudre pour le lieudit. Comme il ne dérangeait personne, on l'adopta. Rarement sa voix dépasse les contours de ses lèvres. C'est un homme débonnaire, constamment disponible, prévenant et discret, et, lorsqu'il ne martyrise pas sa machine, il passe son temps à s'user les yeux dans de volumineux « grimoires » et à contempler le faîte des arbres.

C'est Jelloul le Fou qui l'a surnommé Dactylo. Avant, la clientèle affluait des quatre coins de la région, chargée de volailles, de pains de sucre et de paniers d'œufs. Lorsqu'on s'est mis à lui amener les possédés, les épileptiques et les femmes stériles, Dactylo a eu toutes les peines du monde à expliquer qu'il n'était ni marabout, ni conjurateur, mais écrivain public, et que sa fonction consistait à rédiger des lettres et à remplir des formulaires pour ceux qui ne savaient ni lire ni écrire. Les gens mirent un certain temps à comprendre. Au fur et à mesure qu'ils comprenaient, les queues leu leu s'écourtaient et il y avait de moins en moins de cliquetis aux alentours de la mairie.

— Tu n'en as pas marre de ce métier ? lui demande Jafer Wahab en tripotant les lacets de ses chaussures.

Dactylo hausse les épaules :

— Personne ne m'y oblige.

— Justement.

— Justement quoi ?

Jafer fait mine de fouiller dans ses poches d'un air embarrassé. Dactylo devine le manège. Il a appris à connaître tout le monde. Il hèle un garçon et le charge d'aller leur chercher deux tasses de café chez Ammar.

— Ça te rapporte combien ?

— Je mange tous les jours.

— Je te tire mon chapeau, vraiment. Rester là, du matin au soir, à taper sur une machine et à bouquiner. Vraiment, chapeau. Moi, je ne tiendrais pas un quart d'heure au même endroit.

L'enfant revient avec les tasses, à petits pas, s'arrêtant à chaque fois que le breuvage déborde et éclabousse les soucoupes. Dactylo le remercie, lui glisse une pièce de monnaie dans la main et le congédie. Jafer se dépêche d'allumer une cigarette.

— Je suis sur le point de devenir cinglé, dit-il.

Dactylo avale une gorgée, clappe avec délectation. Il ne dit rien. Il sait Jafer venu vider son sac, comme à chaque fois que les choses lui échappent — c'est-à-dire tous les jours — et il commence à se lasser de jouer au psychologue. Jafer est un éternel insatisfait, qui n'a jamais su ce qu'il voulait au juste. À part s'adonner à la boisson et aux stupéfiants, il ne sait rien faire d'autre de sa vie.

De l'autre côté de la rivière, Tej Osmane et ses néophytes se hâtent vers la ferme des Xavier où cheikh Abbas a choisi d'officier. Tous les jours, un groupe de nouvelles recrues de plus en plus important quitte le village pour aller vénérer le jeune imam. Les conciliabules se prolongent jusque tard dans la nuit.

— Garde-toi de te mêler à cette horde, là-bas, dit Dactylo d'un ton caverneux.

— C'est pas mon genre, le rassure Jafer. Et puis, ils perdent leur temps. Personne ne marchera dans leur combine.

— Crois-tu ? Le pays est aussi fragile qu'un hymen. C'est juste un slogan tapageur sur les façades, un mensonge zélé. À l'intérieur, il n'y a que du vent. Je sais que tu ne remarques pas grand-chose, mais regarde un peu ton douar, tends l'oreille et essaye d'écouter ce que taisent ses murs, ce qu'occulte sa fausse léthargie, ce qui se trame au fond de ses encoignures. Il se passe des choses à chaque instant, Jafer, comme des graines qui s'échappent d'un sac troué et qui, alors que l'on néglige de les ramasser, vont germer. La haine est en train d'éclore. La rancœur gagne du terrain.

Il se tait subitement. Son visage se referme telle une huître. Jafer le dévisage puis regarde le groupe de Tej.

— Ce ne sont que des nigauds, fait-il sans conviction.

À cet instant, un taxi freine dans un crissement devant le café, répandant un nuage de poussière sur les paysans attablés à la terrasse. Le conducteur met pied à terre, livide, et s'engouffre dans l'estaminet. Intrigués, quelques clients se lèvent, s'attroupent devant l'entrée, suscitant la curiosité des autres. Le taxieur revient de la ville. D'habitude, il ne rentre pas avant la tombée de la nuit. Effondré contre le comptoir, il ingurgite deux tasses de café d'affilée.

— Tu as pris le diable en auto-stop ? lui demande Ammar.

Le taxieur s'aperçoit que tout le monde guette ses lèvres. Pour aviver l'intérêt, il commande une troisième tasse.

— Pas question. Tu vas cracher le morceau, et tout de suite.

Le taxieur s'éponge dans un mouchoir, jette sournoisement des coups d'œil à travers l'ouverture de ses doigts pour mesurer l'étendue de l'attention qu'on lui accorde. Satisfait, il hurle :

— Alger est à feu et à sang !
— Quoi ? Les Marocains ont osé nous attaquer ?
— Le peuple se révolte, explique le taxieur. Des milliers de jeunes sont descendus dans la rue. Des magasins et des blocs administratifs ont été incendiés. Les flics ne savent où donner de la tête. Ils ont tiré sur la foule. On déplore des dizaines de morts. On l'a annoncé à la radio qui ne ment jamais.

La nouvelle flambe comme une botte de foin. C'est Zane le nain qui réagit en premier. Il parvient à se faufiler entre les jambes et court la lâcher dans la rue :

— Alger est en guerre. Des centaines de morts. Le peuple s'insurge contre le Pouvoir.

— Tout l'Algérois s'est embrasé, poursuit un paysan. Des milliers de morts déjà.

Un vieillard arrache son turban, le jette à terre et le piétine avec rage :

— Je vous disais bien qu'*ils* allaient revenir. De Gaulle a la rancune tenace.

— Il ne s'agit pas des Français. C'est le peuple qui se soulève contre les chiens qui l'ont assujetti.

Le vieillard suspend sa frénésie, incrédule :

— Qu'est-ce que tu racontes ? On s'insurge contre le Raïs ? Je vais de ce pas chercher mon fusil. Je ne permettrai à personne de lever la main sur le Président.

Le douar est en effervescence. Les gens courent dans tous les sens, s'interpellent en gesticulant. Les femmes se dépêchent de récupérer leurs rejetons. L'onde de choc, partie du café, a atteint les ruelles les plus reculées de la bourgade.

Haj Maurice repousse son chapeau sur la nuque pour observer le chaos. Il arrête Issa Osmane pour lui demander ce qui se passe. Issa se frappe les mains en signe d'affliction.

— Le siège de la présidence est pris d'assaut par les manifestants. Il paraît que le Raïs est sur le point d'abdiquer.

— On le dit blessé, ajoute un Zane exalté. L'armée occupe la capitale, mais ni ses chars, ni ses paras n'arrivent à contenir l'insurrection. On avance le chiffre de dix mille morts de part et d'autre.

Le taxieur s'aperçoit qu'il est seul au milieu des tables désertées. Il remonte dans son véhicule et file alerter le maire. Il le trouve dans son jardin en train de parler affaires avec Kouider Recham, un riche entrepreneur local.

— Vous avez entendu la radio ?

Le maire désapprouve du regard l'intrusion du taxieur.

— Entendu quoi ?...

— Alger est en flammes.

— Les pompiers, c'est pas ici.

— Je vous dis qu'il y a un soulèvement populaire. Ça tire de partout. La police est débordée. Il y a des dizaines de morts.

Le maire tape sur les mains de son invité pour s'excuser du fâcheux impondérable, se lève et vient toiser l'énergumène volubile et impoli qui ne s'est même pas donné la peine de s'annoncer.

— Mon cher, lui murmure-t-il avec cette fausse affabilité qui trahit une colère contenue. Le pays est sur les nerfs. Les expressions de ras-le-bol sont une réaction somme toute biologique. À Oran, il y a quelques années, on a assisté à des hystéries similaires. On les a pardonnées, parce que c'est naturel. Toi, par exemple, il t'arrive bien de casser de la vaisselle sur la tête de ton épouse. Une fois la colère évanouie, tu passes l'éponge sur le reste. Dédramatise, mon cher, dédramatise. Notre peuple est un tantinet brailleur. Fort en gueule et court de bras. Lorsqu'il s'emporte, il ne va pas bien loin. Il n'a pas de suite dans les idées, tu comprends ? C'est bien de se défouler de temps à autre. C'est un signe de bonne santé. Demain, tu verras, tout rentrera dans l'ordre.

Il le pousse dehors.

— Au fait, tu t'es acquitté de tes arriérés ?

Le taxieur avale convulsivement sa salive.

— Pas encore, monsieur le maire.

— Tu vois ? Et si tu t'occupais de régulariser ta situation fiscale au lieu de prêter attention à des radios subversives ?

Le taxieur baisse la tête, confus :

— Vous avez parfaitement raison, monsieur le maire.

— Serais-tu cadre comme moi ?
— Non, monsieur le maire.
— Tes prérogatives seraient-elles nationales comme les miennes ?
— Non, monsieur le maire.
— Alors, laisse aux cadres de la nation la latitude de gérer les problèmes de la nation.
— Je ne sais pas quelle mouche m'a piqué, monsieur le maire.

Le taxieur grimpe dans sa voiture et démarre sur les chapeaux de roues sans regarder derrière lui.

— Crétin, va, lui lance le maire en refermant violemment le portail.

7

Le rire de Jelloul le Fou jaillit dans le silence, long et dérisoire, hésitant entre le glapissement et le hurlement funèbre. Les femmes ont appris à cracher sur leurs seins pour détourner les sortilèges lorsqu'il retentit de cette façon à l'heure où la nuit retrousse ses basques sur les blessures purulentes du levant. Quand Jelloul lance son rire de bon matin, les aubades ne suivent pas, et les chiens se lovent dans leur coin, la queue repliée sous le ventre et le regard en *haleine*. Ceux qui reviennent de la mosquée s'arrêtent en chemin, perplexes, le doigt sur le menton, cherchant de quel côté va ululer la douleur.

Ce matin-là, elle fuse de chez les Kerroum : Sidi Saïm ne s'est pas levé à l'appel du muezzin. Sa nièce l'a trouvé étendu sur sa natte, la face contre le sol ; la mort a profité de son sommeil pour le ravir aux siens.

Sidi Saïm était le doyen du village. Il en détenait la sagesse et l'autorité morale. S'il n'était pas l'âme des tribus, il n'en était pas moins la mémoire. Chaque ride sur son front était un verset, chaque poil de sa barbe une prophétie. Que de colères forcenées se sont apaisées devant son regard, que d'affronts se sont émiettés au son de sa voix. Il était cheikh révéré du temps des Français, marabout vivant après, et c'est tout à fait *légitimement* que les Anciens décident, à l'unanimité, d'ériger en sa mémoire un mausolée.

— C'est une hérésie ! tranche Abbas péremptoire.

Rassemblés dans la mosquée, les Anciens se regardent, indignés. L'imam lève les yeux sur le jeune cheikh dressé dans l'embrasure et lui dit :

— Mon fils...

— Je ne suis pas ton fils... Il est temps de mettre fin à ces traditions païennes. Sy Saïm est mort. On ne peut rien pour lui. Il ne nous reste qu'à le confier à la terre, sans consternation ni fanfare. Il aura droit, à l'instar du commun des mortels, à une fosse banale, sans pierre tombale et sans épitaphe, et à une prière. Toute autre improvisation serait pécheresse.

Son regard torride s'abat sur le fils du défunt, un quinquagénaire timide et valétudinaire ; il poursuit :

— Comment leur permets-tu de ranger ton père parmi les prévaricateurs, lui dont l'érudition ne l'a pas empêché d'être humble et pauvre ? Que vous arrive-t-il, musulmans de Ghachimat ? Hamza[1] lui-même gît dans une tombe rudimentaire, nu de chair et de terre, pour rappeler aux vaniteux leur inconsistance... Le corps, une fois dévitalisé, n'est plus qu'un vulgaire tissu de mensonge. Les vers ne le rongeraient pas s'il méritait, aux yeux du Seigneur, une quelconque considération.

Les notables tentent de protester. Dans la rue, les

---

1. Oncle du Prophète. Grand guerrier de l'Islam.

émules de Abbas affichent une mine belliqueuse. Depuis octobre 88, qui a vu Alger s'insurger contre les ogres du régime, les Frères musulmans émergent inexorablement de la clandestinité. La hiérarchie tribale qui gérait le destin du douar, qui plaçait le droit d'aînesse au-dessus des uns, et la piété filiale par-dessus tous, se voit chaque jour bousculée par les jeunes contestataires. Les Anciens tentent de revenir à la charge, mais leurs fréquentes tergiversations permettent aux ouailles du cheikh de gagner du terrain, boulimiques, dangereusement expansionnistes.

Haj Maurice part le premier pour le cimetière, à cause de son obésité. Il est obligé de s'arrêter tous les cent mètres pour souffler.

— Tu aurais dû emprunter une charrette, lui reproche Haj Menouar.

— Bah, c'est bien de se secouer un peu.

— Oui, mais à cette allure, on risque de rater l'oraison.

— On a une heure d'avance.

Haj Menouar aperçoit le cortège funèbre au sortir du village

— Ils arrivent...

Haj Maurice ébauche un geste exténué. Sa chemise fume dans la fournaise. Il s'appuie contre sa canne et n'arrive pas à se relever. Haj Menouar le prend par l'aisselle et l'aide à se hisser, dévoilant une énorme tache humide sur la pierre où ils étaient assis.

— Faire ça à Sidi Saïm, se plaint Haj Menouar. N'est-ce pas malheureux ?

— Tu sais, les pyramides ne permettent pas aux momies de ressusciter.

— Elles les protègent contre l'oubli.

— Pas contre les hommes, en tout cas.

Le cortège les rattrape à une centaine de mètres du cimetière. Les Anciens ouvrent la marche, sans réelle solennité. Ils ont cédé devant Abbas et traînent leur reddition comme une maladie honteuse.

La foule se déploie autour de la fosse que Issa Osmane finit de creuser. On le laisse déblayer, puis, quelqu'un lui arrache la pelle et le chasse. L'imam récite l'oraison entachée de lapsus. Son chagrin et son indignation frondent ses paroles et la larme, censée se retenir devant l'adversité, perle à ses cils pareille à un cri de rage.

Les saints patrons sont en disgrâce. Ils subissent la tornade des affronts comme s'effeuillent les arbres aux attouchements de l'automne.

Le soir, au café, les joueurs de dominos se tiennent la tête à deux mains. Les ruelles sont silencieuses. Le vent, qu'emmitoufle la poussière, tourne en rond tel un djinn en transe. Tej Osmane et son contingent d'intégristes se pavanent sur la place. Plus on lève les yeux sur leur parade, et plus ils redressent le menton. Leur gourou a relégué les Anciens au rang de subalternes. Ils ont conscience de la signification d'une telle concession et ils ne sont pas prêts à s'en contenter.

Perché sur un mur, Zane le nain fait l'oiseau de nuit. Ses prunelles éclatées luisent d'un feu terrifiant. Il *sait* que sa revanche est proche, que le temps travaille déjà pour lui.

— La patience a ses limites, fait remarquer Haj Ali.

L'imam observe une phalène en train de tournoyer vertigineusement autour de la lampe qui orne le fronton de la maison de Haj Maurice. Dans le ciel bleuté, des milliers d'étoiles scintillent. C'est la nuit, et Ghachimat a du mal à fermer l'œil.

Dans le patio aux senteurs légères, les Anciens boudent. La théière s'est refroidie, et personne n'a touché à son verre. Par intermittence, une voix s'élève et se mue aussitôt en un long soupir.

— Je me demande s'il ne serait pas prudent de retirer nos enfants de l'école, dit Haj Baroudi. Ces instituteurs leur bourrent la tête et les montent contre nous.

— Tu as raison, fait Haj Bilal. Mon gosse, il a à peine dix ans, et il me fait déjà des observations désobligeantes.

— Les miens m'ont carrément menacé, dit Dahou le boutiquier. À quatre heures du matin, ils sont debout comme des geôliers et ils réveillent leurs sœurs à coups de pied pour la prière. Et malheur à celle qui proteste. J'ai essayé d'intervenir. Mon aîné m'a repoussé de la main. Pas une seconde son bras n'a eu honte de son geste.

— *Astaghfirou Llah,* s'indigne l'imam. Au Jour dernier, il est dit que les entrailles de la terre vomiront des flammes plus hautes que les montagnes, et que partout, émergeant des abysses, des gnomes hurleurs envahiront les contrées et décimeront les hommes plus vite qu'une foudroyante épidémie.

— Serions-nous devenus mécréants à notre insu ? s'écrie Haj Ali.

Quelqu'un cogne à la porte. Les Anciens se retournent, craintifs.

— Tu attends quelqu'un ?

— Pas vraiment, dit Haj Maurice somnolent.

Dahou le boutiquier va ouvrir. Haj Boudali entre en bourdonnant, la figure épouvantable.

— Ah, vous êtes là, Dieu merci...

— Assieds-toi. Tu as l'air...

— Je ne suis pas venu filer de la laine, vitupère Haj Boudali. Cette situation n'a que trop duré. Nous devons réagir, et tout de suite. J'ai laissé mon fumier de fils pour mort, à la maison. Je n'ai pas mis au monde un garnement pour subir son joug.

Les vieillards remarquent les taches de sang sur la gandoura de Haj Boudali. Son gourdin est cassé. Une large éraflure saigne à son poignet.

— J'espère que tu ne l'as pas tué...

— Je vais me gêner. Me traiter de renégat, moi, son propre père, trois fois pèlerin. Jamais je ne me suis permis de lever les yeux sur mon père, moi. Je n'osais même pas approcher mes enfants en sa présence. Je lui baisais la main autant de fois que je le rencontrais. Il était ingrat, grincheux, imprévisible, soupçonneux, et pas une fois je n'ai oublié qu'il était d'abord mon père. Aujourd'hui, ma progéniture me traite comme si j'étais Ibliss en personne, moi qui ai jeûné à me rompre les tripes pour la nourrir et l'instruire... (il repousse Dahou qui tente de l'apaiser et retourne dans la rue en hurlant). Je m'en vais l'achever, ce fumier. Cette nuit, il couchera en enfer.

Les vieillards courent rattraper le père offensé. Resté seul, Haj Maurice s'enfonce dans son coin, ramène ses mains sur son ventre et se prépare à dormir.

— J'ai entendu des cris, dit Tej Osmane en se montrant dans l'entrebâillement de la porte.

— Ce n'est rien. Rentre chez toi.

Tej hoche la tête d'un air entendu. Avant de se retirer, il contemple le patio inondé de lumière, le jardin soigneusement entretenu, et son regard s'éclaire d'une curieuse flammèche.

8

La ferme des Xavier est devenue un véritable lieu de pèlerinage. La grande étable, réaménagée en salle de prédication, est pleine à craquer. Les retardataires sont obligés de s'asseoir à même le sol dans la cour, les oreilles vibrantes de prêches virulents. Un haut-parleur, accroché en haut de la bâtisse, répand les diatribes des intervenants à travers la campagne, interpellant les passants au loin.

Mourad profite d'une pause pour faire signe à sa bande de le suivre sur la pointe des pieds, feignant de ne pas remarquer l'attitude désapprobatrice d'un Tej Osmane de plus en plus entreprenant. Une fois de l'autre côté de la colline, à l'abri des oreilles indiscrètes, Mourad saisit Zane par le cou à le lui tordre :

— C'est ça, *ton* événement ? Tu m'as fait perdre une journée pour des élucubrations crétines.

Zane se débat en essayant de se dégager.

— J'ai pensé que ça t'intéresserait...

— J'en ai rien à cirer de ces dégénérés. Tu m'imagines avec une bannière et un sabre en train de pourchasser de pauvres bougres ?

Il repousse le nain qui se plie en deux en toussant exagérément.

Boudjema, lui, est comme sidéré. Son visage rutile d'une clarté insoupçonnable. Il dit :

— Abbas est un génie.

— Qui es-tu, toi, pour distinguer un génie d'un charlatan ? grogne Lyès le ferronnier. Abbas divague, si tu veux mon avis. C'est un utopiste, rien de plus. Je ne demande qu'à picoler dans mon trou. Je ne dérange personne, et je n'aimerais pas qu'on vienne m'importuner.

Une voiture s'arrête à leur hauteur. Jafer Wahab se penche par la portière, la bouche démesurément ouverte et la figure embusquée derrière d'énormes lunettes de soleil. Il montre du pouce Allal Sidhom installé au volant :

— Mon chauffeur est de retour. Ce soir, on va chez les putains s'éclater comme des baudruches.

— Tant mieux pour toi, rétorque Lyès sans enthousiasme.

— Hé, notre poulet se marie dans deux mois. Vous êtes tous invités.

— On est au courant.

Jafer salue la bande de la main et se renverse sur son siège en pédalant dans le vide, gai comme un gamin. La voiture poursuit son chemin en cahotant sur les ornières. Un essaim de femmes arrive de la bourgade, sous la garde rapprochée d'un homme. Ce dernier, à califourchon sur un âne, a les jambes si longues qu'elles raclent la poussière. Allal doit grimper sur le talus pour les laisser passer. Plus loin, il rattrape Issa Osmane clopinant vers le village, un sac de cinquante kilos de farine sur les épaules.

— Tu vas choper une hernie, lui lance Jafer. Jette ton balluchon dans la malle et grimpe à l'arrière.

Issa vacille sous le poids de son fardeau. Sans s'arrêter, il dit :

— Le fauteur se doit de purger sa peine seul, mon garçon. Merci quand même.

Et il s'empresse de dégager la voie.

Le maire est debout devant sa résidence. Il fait signe à Allal de se ranger sur le côté. Le policier est tellement confus qu'il manque de percuter une roche.

— Nous t'avons attendu, cher enfant, dit le maire en le serrant fortement contre lui. Comment ça a été, cette mission sur Alger ?

— Ça a l'air de s'arranger.

— Espérons-le. Le pays a suffisamment de problèmes comme ça (il le prend par le coude et l'éloigne de Jafer). J'ai vu des maçons, chez toi. Si tu as besoin d'argent, ne te gêne pas. Ton père et moi étions très amis. Et puis, on est désormais une même famille.

— J'en suis honoré, monsieur le maire.

— Bien.

Allal retourne dans sa voiture, s'embrouille avec le levier de vitesses. À côté de lui, Jafer rit sous cape, amusé et attendri à la fois.

— Il te fout déjà les jetons, ton futur beau-père.

— Tais-toi, il risque de t'entendre.

— Tes oreilles sont rouges comme des tomates.

Le maire s'éloigne. Avant de démarrer, Allal lève les yeux sur le jardin où Sarah fait semblant d'arroser les fleurs en se gardant de regarder dans la rue.

— Ah, s'exclame Jafer, si seulement j'étais flic.
— Je croyais que tu voulais être un lion ?
— Hélas ! les lionnes n'ont pas de crinière.
— Fais gaffe, s'esclaffe Allal. Tu parles de ma fiancée.

À la fin de sa permission, Allal s'aperçoit que pas une fois Kada n'a voulu le rencontrer. Le fils des Hilal ne quitte pas d'une semelle le cheikh Abbas. Lorsqu'il rentre chez lui, il refuse de recevoir les amis. Allal remarque aussi que, dans les ruelles livrées aux mioches et aux chiens, dans les champs désertés, partout l'air est imprégné de ressentiment. Les gens n'ont plus qu'un nom à la bouche : Abbas... Abbas a dit ; Abbas pense ; Abbas a décidé... Les Anciens ont perdu la face. On les voit raser les murs, presque aussi insignifiants que Issa Osmane, le turban tel un carcan. Haj Boudali a renié publiquement ses fils. Il a sous-entendu que son prochain pèlerinage sera sans retour, qu'il se laissera volontiers mourir à Minen ou bien à Ghar Hira. Quelque chose s'est rompu dans sa tête. Tous les soirs, il va lapider les esprits malins qui hantent l'oued et qu'il décèle nettement, jure-t-il, parmi les ombres facétieuses des lauriers-roses. L'imam a rendu les armes, lui aussi. Son nouvel auditoire, composé d'adolescents et de jeunes adultes aux barbes hirsutes, aux crânes rasés et aux yeux soulignés au khôl, ne veut plus de lui sur le minbar. On le traite de diseur de bonne aventure, de perroquet du

Régime. C'est en voyant deux Frères lui refuser l'accès à la mosquée que Dactylo a dit à Jafer :
— La bête immonde se réveille.
Et Jafer, blasé :
— Qu'ils aillent au diable !
— Le diable est ici...

9

Le cheikh Redouane trône sur le minbar, seigneurial dans sa galabieh étincelante. Il est beau, grand, monumental. Sa main droite repose sur son genou, semblable à un sceptre. Ses saintes pérégrinations à travers les territoires musulmans, ses longs séjours dans les prisons ont fait de lui un mythe. Il a été en Égypte, au Pakistan, en Malaisie ; et partout le sol qu'il foulait se duvetait d'une herbe bénite. Dans la mosquée, les Frères ont le sentiment de se purifier du seul fait de l'observer. Certains sont allés jusqu'à recueillir, dans des flacons, l'eau lustrale qui a servi à ses ablutions. Ceux qui l'avaient approché jurent avoir perçu, dans son odeur, des senteurs paradisiaques. Beaucoup ont lutté ferme pour le toucher du bout des doigts ; beaucoup ont connu l'extase lorsque son regard s'est posé sur eux.

À droite du minbar, assis sur des coussins face à l'auditoire, le cheikh Abbas, Kada Hilal, Tej Osmane et trois compagnons du « voyageur de la lumière » méditent.

Le cheikh Redouane lève lentement le bras, comme

pour soulever une tenture suspecte. La salle retient son souffle. Plus le bras s'élève, plus une sensation de délivrance, comme une lévitation, s'empare de l'assistance.

La voix de l'orateur jaillit.

— J'ai vu une stèle sur une colline, solidement campée sur ses jarrets, jetant, en plus de l'anathème, son ombre salissante sur une nation assoupie.

La voix inonde la mosquée comme un torrent en crue.

— J'ai dit : « Quel est ce Houbel[1] surgi des ténèbres ? » *Ils* m'ont regardé avec dédain et m'ont répondu : « C'est le mausolée du Martyr. » J'ai dit : « Il y a des cimetières pour les morts. » *Ils* m'ont crié, horrifiés : « La gloire a ses monuments aussi. Nos enfants se doivent de s'abreuver aux sources de leur histoire. » J'ai dit : « Où est donc cette gloire, à Riad el-Feth ? Dans ces magasins interlopes où les caleçons sont exhibés comme des trophées ? Dans ces bars où l'on s'enivre sans vergogne ? Dans ces cinémas obscurs où l'on enseigne le voyeurisme béat ?... Où est donc ce martyr au milieu de cette tourbe ? »... Non, mes frères, il n'y a jamais eu de place pour les morts, encore moins pour les démunis comme vous, à Riad el-Fesq[2]... Là-bas règnent seulement la cupidité des traîtres, les spéculations et la clochardisation d'un peuple séduit et abandonné...

Un ressac d'indignation ébranle l'assistance.

---

1. Houbel : dieu mecquois d'avant l'avènement de l'Islam.
2. *Fesq :* dépravation (allusion au centre de loisirs algérois Riad el-Feth).

— J'ai levé les yeux par-delà la colline et j'ai vu un horizon bilieux, un ciel compromis. Et j'ai compris pourquoi la sécheresse sévit dans notre pays, pourquoi la terre a tremblé à El-Asnam, et pourquoi elle continue à frémir sous nos pieds aujourd'hui... J'ai dit : « Peuple d'Algérie, que fais-tu sous les décombres ? Pourquoi as-tu baissé ta garde ? » Personne ne m'a entendu... Et j'ai vu se profiler le népotisme et la vanité, l'abus et la trivialité, et j'ai vu la foule déambuler allègrement vers les cataractes de toutes les perditions... Mon peuple n'a plus d'âme, plus de repères, plus d'espérance. Sa tête est devenue le dépotoir de l'Occident. On y féconde l'hérésie en guise de transcendance. Nos intellectuels se prostituent aux cultures pernicieuses, nos gouvernants s'adonnent à toutes sortes de spoliations, nos femmes se dénudent au gré des émancipations, et nous errons à tâtons en plein jour, éblouis par les flammes de l'enfer.

— *Astaghfirou Llah !* hurle quelqu'un au fond de la salle.

— La mort dans l'âme, j'ai dévalé les pentes de la colline dans l'espoir de rencontrer, loin de cet endroit vicié, des hommes épris de probité. Et j'ai vu la prophétie fuyante et désabusée, encombrée de hardes, misérable et hagarde, vilipendée, répudiée, mise au rebut. Et Sodome m'a semblé infime devant Alger !...

— *Allahou aqbar !* s'insurge une voix qui fait l'effet d'une déflagration.

— Et quand nous leur disons : « Ô gens, ce que vous faites est mal », *ils* portent sur nous des regards méprisants, qualifient notre indignation d'« extrémisme », notre douleur d'« intolérance », notre bonne parole de « sédition », et *ils* nous traitent en ennemis. Et quand nous leur proposons le livre du Seigneur, *ils* brandissent Marx, Sartre et Dante, consolident devant nous les remparts de leur *DÉMON*cratie, et dressent contre nous des bourreaux sans merci. Mais nous ne savons pas nous taire lorsque Dieu est offensé. Et nous leur disons, sans crainte et sans appel, malheur aux mécréants, malheur aux mécréants, malheur aux mécréants !

D'un coup, les barbes se hérissent, les poings se crispent et les poitrines explosent :

— Maudits soient les suppôts de Satan, maudits soient leurs morts et leurs vivants !...

Il y a, de l'autre côté de Ghachimat, des ruines antiques qui ont mobilisé plusieurs générations de chercheurs. On a découvert des ustensiles et des armes en silex, et on s'est longuement penché sur les signes millénaires scarifiés sur les dalles. Quand on venait dresser les guitounes sur le site et déblayer les décombres, les enfants du village s'agglutinaient sur les hauteurs alentour et regardaient s'affairer les archéologues des heures durant. On ne comprenait pas grand-chose à leur remue-ménage, cependant la verve de ces prestidigitateurs venus de la ville suffisait largement à égayer une colline mortelle d'ennui.

Puis un jour, pareil à un couperet, un ordre tomba, arbitraire et obtus : le camp fut levé et l'enceinte livrée aux ivrognes et aux oisifs fureteurs. Sans l'intervention de Sidi Saïm, le temple aurait disparu sous un dépotoir à l'heure qu'il est. Pour préserver le site et l'Histoire, quelqu'un s'est mis à raconter que l'endroit était hanté, qu'à la pleine lune des spectres titubants faisaient entendre le cliquetis de leurs chaînes tandis que, jaillissant des entrailles de la terre, des voix sépulcrales fulguraient dans le silence, traversant les esprits comme des fleurets.

Dactylo aime bien les ruines. Elles offrent une vue magnifique sur la vallée, et leur quiétude ajoute à leur pérennité quelque chose de magique. La rumeur des bois et le charivari du village y échouent atténués, comme si des filtres en absorbaient les dissonances pour sublimer les rêveries. Après les heures de travail, Dactylo y vient se détendre et s'émerveiller de choses tellement simples et attachantes qui font la vie secrète de la nuit. Mais, depuis quelque temps, sa solitude est profanée par la présence encombrante de Jafer Wahab qui, ivre et rechignard, n'arrête pas de reprocher au silence son arrogance et aux étoiles leur pâleur de mauvais augure.

Soudain, du village, leur parviennent les vociférations des Frères. Dactylo tourne la tête vers la mosquée.

— Le cheikh Redouane s'avère aussi incendiaire qu'un pyromane, soupire-t-il.

Jafer assène un coup de pied dans la bouteille de vin qu'il vient de vider et la regarde dégringoler dans le fossé.

— C'est le sixième cheikh qui débarque chez nous en moins de deux mois. Le maire doit leur interdire l'utilisation abusive des haut-parleurs, marmonne-t-il. On ne s'entend plus, et leur chahut a fait fuir les oiseaux.

Dactylo se relève :

— Les loups sont lâchés, l'agneau ferait mieux de regagner sa bergerie.

— Tu m'abandonnes tout seul par ici ?

— Rentre chez toi.

— Mon père me boude. Ça t'ennuierait de m'héberger cette nuit ? Allal tarde à rentrer et je ne sais où donner de la tête.

Dactylo fait la moue, les mains sur les hanches.

— Je te promets de ne pas t'importuner avec mes questions idiotes. S'il te plaît, ne me laisse pas seul. Je ne me sens pas bien.

Dactylo réfléchit, puis il lui fait signe de le suivre.

La maison de l'écrivain public se cache derrière une rangée de caroubiers. Elle n'est pas tout à fait rattachée au village, ni tout à fait dans les champs. On dirait qu'elle a opté pour le juste milieu afin de ne pas faire de jaloux. L'intérieur est ordonné, propre et aéré, scindé en deux par une tenture ; d'un côté la cuisine, de l'autre la chambre. Des étagères chargées de livres occupent la moitié de la pièce. Sur les murs badigeonnés d'un blanc cassé, des cadres forgés exposent des photos en noir et blanc apparemment très anciennes.

— C'est ta famille ?

Dactylo rit silencieusement.

— Dans un sens... À droite, c'est Ahmed Chawqi.

— Qui est-ce ? Il a l'air d'un bey.

— Un poète égyptien, peut-être le plus grand de tous. Celui-là, le jeune, c'est Aboulkassem ech-Chabbi. Il est mort très jeune, de tuberculose.

— Et ce soldat ?

— Guillaume Apollinaire.

— Il a fait la guerre contre nous ?

— Les poètes ne font pas la guerre. Un peu comme le Christ, on les sacrifie pour les bonnes causes... À gauche, c'est Nikolaï Ostrovski. Là, Thomas Mann, et l'autre Mohammed Dib.

— Celui du feuilleton télé ?

— Je n'ai pas de télé.

— Ils sont tous musulmans ?

— Ces gars-là, c'est des génies. Chaque nation veut se les approprier, mais ils appartiennent au monde entier. Ils sont la conscience de l'humanité, la seule Vérité.

Jafer se retourne vers les livres. Ses doigts caressent quelques reliures, scrupuleusement, comme s'il s'agissait de reliques sacrées.

— Tu as lu tous ces bouquins ?

— Une grande partie.

— Comment ça se fait que tu ne portes pas de lunettes de vue ?

Dactylo se débarrasse de sa veste, retrousse les manches de son tricot et se dirige sur la cuisine.

— Il y a des magazines sous la machine à écrire. Le dîner sera prêt dans une petite demi-heure.

— C'est toi qui fais le ménage ?

— Je n'ai pas les moyens de m'offrir une domestique.

— Tu devrais prendre femme.

Dactylo écarte la tenture, montrant son visage :

— Tu as promis...

Jafer lève les mains en signe d'excuse. Après un bref silence, il revient au galop :

— J'espère que ce n'est pas un problème génital.

— Toi, au moins, tu ne fais pas dans le détail, reconnaît Dactylo en riant.

Des cris éclatent au-dehors, un chapelet d'insultes obscènes et de hurlements. Les deux hommes sortent en courant et découvrent, non loin de la maison, un groupe d'adolescents armés de gourdins en train de tabasser Moussa, une sorte d'ermite, de le traiter d'ivrogne et de gibier de bûcher.

— Hé, qu'est-ce que vous faites ?

Les galopins s'éparpillent en piaillant triomphalement, laissant le clochard par terre, la tête ensanglantée et la chemise en lambeaux. Dactylo accourt pour le relever. Moussa le repousse avec hargne et, à quatre pattes, il se met à remuer la poussière autour de lui :

— Les chiens ! Où ils ont mis ma bouteille ? Je l'ai même pas débouchée.

— Viens, lui propose Jafer, ne reste pas là. Tu es amoché, je vais te conduire au dispensaire.

L'ivrogne se fige brusquement, toise les deux hommes de la tête aux pieds et leur lance :

— J'ai besoin de personne, hé ! Mes blessures, je les lèche tout seul, moi, comme un grand.

Dans un ultime sursaut d'orgueil, il se redresse, rajuste sa chemise d'une main incertaine et s'éloigne en traînant la jambe avec dignité.

10

Encore un jour qui n'en mène pas large, soupire Jafer Wahab en flânant dans les ruelles du village.

La barbe embroussaillée et les sourcils bas, Smaïl Ich est assis sur une caisse et regarde ses louveteaux peindre les initiales du Front Islamique du Salut sur la façade de l'école. Chaque coup de pinceau le fait se trémousser d'aise. De temps à autre, il retire le bâton de réglisse d'entre ses dents pour lancer au loin un crachat. Lorsqu'un passant s'arrête devant les graffiti, si c'est un sympathisant, il lui demande ce qu'il en pense ; s'il s'agit d'un réticent, il le somme de débarrasser le plancher. Satisfait dans les deux cas, il donne une chiquenaude sur son fez désinvolte et se remet à se brosser les dents. Après les murailles de l'école, il ira tracer ses arabesques sur les murs de toutes les maisons. Tout à l'heure, Dahou le boutiquier a essayé de protester en le voyant écrire *Votez FIS* sur sa devanture. Smaïl lui a répliqué : « Nous graverons le nom du Seigneur où bon nous semble, et nous reproduirons Ses versets jusque sur ton registre de commerce. »

Tapi sous une porte cochère, Zane le nain propose une chaîne en or au vieux Messaoud, un receleur occasionnel. Ce dernier tourne et retourne le collier dans ses mains expertes, mord dedans pour vérifier l'authenticité du bijou.

— Ce n'est pas du toc, je t'assure.

— Tais-toi, je m'y connais et je déteste être bousculé.

Zane acquiesce, hypocrite.

— Tu l'as trouvé en ville, c'est sûr ?

— Y a pas de risques, je te dis, jure Zane. Son propriétaire ne se hasarderait jamais par ici.

Messaoud lève enfin les yeux, la lèvre sur le point de lui dégringoler sur le menton. Le regard suppliant du nain lui inspire une attitude méfiante. Il attend de voir passer un muletier pour dire, faussement désintéressé :

— Je n'en veux pas.

— Tes affaires marchent bien pourtant.

— C'est parce que je ne joue plus avec le feu. J'ai assez de tracasseries avec les voisins. Je ne veux pas en avoir avec la police.

Zane regarde autour de lui, désemparé. Le vieux Messaoud affiche une mine impassible.

— Cinq cent mille, ça te va ?

— Je te dis que ça m'arrange pas. C'est trop risqué. Si jamais son propriétaire la trouvait chez moi, je finirais mes jours en prison. Avec ces rhumatismes, je ne tiendrais pas le coup plus d'une semaine. Non, sincèrement, ajoute-t-il papelard, ça vaut pas la chandelle.

— Quatre cents ?... Dis ton prix. On est en démocratie, non. Les prix, ça se discute. Trois cent cinquante. Je ne peux pas descendre plus bas. Cette chaîne vaut dix fois plus.

Le receleur reprend le collier, sans empressement, vérifie chaque anneau, la moue indécise, pour attiser l'embarras du nain.

Plus loin, Haj Maurice invite Jafer à prendre un verre de thé. Jafer s'accroupit devant la table basse et se sert avec lassitude.

— Tu n'as pas l'air en forme, Face de Carême.

— Face de Carême, c'était Allal. Moi, c'était Mine de Rien.

— C'est vrai, s'en souvient l'ancien instituteur. Il était maladif, et toi faux jeton, mais vos sottises étaient identiques.

— Il s'est rattrapé depuis, lui.

— Et toi ?

— J'attends le train suivant.

Haj Maurice perçoit le dégoût de son ancien élève et se contente de s'éponger dans son mouchoir. Jafer est malheureux. Il n'arrête pas de tourner en rond, du matin au soir. Parfois, il lui arrive de soliloquer et, à chaque fois qu'il passe à proximité de la maison du vieillard, Haj Maurice s'en inquiète un peu plus.

— Quand je pense à tes rédactions tordues...

— Ça, c'était Kada Hilal. Il est l'instituteur du village, aujourd'hui, dit Jafer amer.

— C'est la vie.

Jafer avale son thé et se retire en oubliant de remercier le vieillard. Au coin de la rue, il tombe nez à nez avec Kada. Le Frère jette un coup d'œil sur le bas de sa robe et grogne :

— Attention à tes savates. Tu as failli me bousiller le kamis.

Jafer s'attarde sur les livres religieux que porte son compagnon d'hier. Il le trouve bien changé avec sa barbe agressive et ses prunelles reptiliennes.

— Pourquoi me traites-tu de cette façon, Kada ? Qu'est-ce que je t'ai fait ? Que me reproches-tu au juste ? Que tu m'évites, ça se comprend ; mais que tu m'en veuilles à mort, ça ne me rentre pas dans la tête. Il y a à peine quelques semaines, nous étions aussi unis que les doigts de la main. Et d'un coup, sans crier gare, tu n'as pour moi que mépris et inimitié. Que t'arrive-t-il, fils des Hilal ? Pourquoi me détestes-tu ?

— Te détester ? dit Kada en ricanant. Je n'ai pas que ça à faire, figure-toi. Pour moi, c'est à peine si tu existes.

— Je ne suis pas ton ennemi...

— Les géants n'ont pas d'ennemis parmi les lutins.

Il l'écarte dédaigneusement et poursuit son chemin vers la mosquée.

Devant sa boulangerie, Belkacem discute avec Tayeb le charretier. Issa Osmane sort du fournil, enfariné de la tête aux pieds, décharge un sac, le place sur son dos et rentre dans la boulangerie. Il revient en prendre un autre. Au moment où il fléchit sous le poids du fardeau, le sac lui glisse des épaules et s'éventre sur le sol.

— Espèce de vaurien ! s'emporte le boulanger. Où avais-tu la tête ?

Confus et terrifié, Issa s'agenouille et entreprend de

ramasser à deux mains la farine pour la remettre dans le sac.

— C'est ça, imbécile. Mes clients vont se casser les dents sur les cailloux, maintenant.

— Je vais arranger ça, promet Issa d'une voix flageolante.

— C'est moi qui vais t'arranger le portrait, bougre d'âne. Je suis sûr que tu l'as fait exprès et tu vas me le payer.

— Il te doit combien ? claque une voix derrière eux.

Tej Osmane est au coin de la rue. Il est fou de rage, mais il garde la tête froide. Il s'avance sur son père, le saisit par le col de la veste et lui ordonne de se relever. Belkacem essaye d'intervenir, Tej le repousse de la main et lui conseille de ne pas s'en mêler.

— C'est une affaire entre ton père et moi, s'obstine le boulanger. Cet abruti...

— Encore un mot déplacé, et je te déplace la mâchoire.

Belkacem n'en revient pas. Jamais le fils de Issa la Honte n'a osé lever les yeux, encore moins le ton devant les gens de Ghachimat. D'un geste brusque, il enlève sa veste. Les badauds comprennent que l'envolée est incontournable. Ravis d'en être les témoins privilégiés, ils s'attroupent autour de la boulangerie, faussement indignés, pour inciter les deux hommes à ne pas se contenter d'injures, comme les femmes.

— Il te doit combien ? fait Tej peu emballé par la bagarre.

— Toutes tes dents, fils de chien.

Le poing de Belkacem part aussitôt, puissant, mais

trop confiant. Tej l'esquive et réagit avec une rare brutalité. Pris au dépourvu, le boulanger est terrassé au bout de quelques coups, la figure en sang. Jafer le jette au sol et continue de s'acharner sur lui.

— Ça suffit ! hurle le père. Tu vas le tuer...

Tej recouvre son calme, passe son bras sur son front en sueur, extirpe de sa poche quelques billets de banque et les balance négligemment sur le corps étalé par terre.

— À partir d'aujourd'hui, laisse-t-il entendre autour de lui, mon père et moi n'avons plus de créanciers.

De retour chez eux, Tej saisit son père par les épaules et lui dit :

— C'est fini, tu entends ?
— Qu'est-ce qui est fini, mon garçon ?
— L'humiliation. À partir de tout de suite, tu vas te redresser et marcher droit parmi les hommes. Plus personne n'aura le courage de te fixer dans les yeux, je te le promets. Je m'en vais leur clouer le bec une fois pour toutes.

Issa fait non de la tête, tristement :

— Ça va nous avancer à quoi, mon fils ? C'est tous des moins-que-rien. Je les ai vus mendier, non pas du pain ou des sous, mais juste un peu de compassion. Ils savaient mieux que personne baiser la main du caïd et lui lécher les godasses. En me traitant de tous les noms aujourd'hui, ils ne font que se désigner les uns après les autres. Ils ont beau cracher sur mon passage, ça ne les lavera pas de la fiente dont ils se nourrissaient autrefois lorsqu'ils m'appelaient « sidi » en se faisant tout petits. L'Indépendance ne les a pas réhabilités. Elle leur a juste permis de s'oublier, d'oublier leur bassesse et leur insignifiance, de se venger sur des boucs émissaires puisqu'ils sont incapables de pardonner, encore moins de faire la part des choses.

Quelques semaines plus tard, Issa Osmane est convié à une circoncision. Croyant à une plaisanterie, il a décliné l'invitation. Puis, un jour, un riche marchand de bétail est venu le chercher en personne. Et quelle a été la stupéfaction du factotum quand il s'est aperçu que la grosse cylindrée, rutilante devant son gourbi, était bien là pour lui. Bientôt, à ses dépens, Issa apprendra que les gens qui l'exploitaient après les heures de travail, les petites corvées supplémentaires, les commissions impossibles confiées à n'importe quel moment du jour ou de la nuit, enfin toutes ces petites tâches ingrates qui l'aidaient à joindre les deux bouts vont lui manquer, et appauvrir son monde et son garde-manger. Les gens sont devenus respectueux à son égard, attentifs à ses paroles. Du jour au lendemain, sa vie s'en est trouvée chamboulée. À chaque fois qu'Issa propose ses services, dans l'espoir de glaner quelques pièces de monnaie, on lui dit : « Allons, allons, Sy Issa. C'est pas pour toi, ça. » Et Issa, ironique et désappointé à la fois, se frappe le front de la main et s'écrie : « C'est vrai, je suis un affranchi, maintenant. »

Jamais il ne s'était cru capable de cynisme, jamais, non plus, il n'avait soupçonné les valeurs fondamentales d'êtres si versatiles. En marchant dans les rues, en voyant ses bourreaux d'hier l'entourer de sollicitude comme si de rien n'était, en les entendant rire à gorge déployée à la moindre nullité qu'il raconte, Issa a brusquement peur de ce qui lui arrive et regrette, quelquefois, de n'avoir pas su rester le pestiféré qu'il fut, car jamais il n'a connu véritable honte avant d'être élevé au rang des notables.

11

— Méfie-toi des noueurs d'aiguillette, insiste Ghalia. Ne ramasse ni clef ni couteau suspect, si tu ne tiens pas à ce que ton rejeton se grippe la virilité au moment où son honneur en dépend.

La mère de Allal Sidhom acquiesce, effrayée et attentive aux instructions de sa sœur.

Elles pénètrent dans la chambre nuptiale, encensent les recoins en marmottant des incantations. Ghalia repose la cassolette fumante par terre, sort de son giron une amulette, la fait tourner sept fois par-dessus sa tête avant de la glisser sous le matelas :

— Ô Sidi Yacoub, faites que notre bru soit aussi amoureuse qu'une chatte, aussi féconde qu'une lapine et aussi fidèle qu'une chienne.

Les femmes commencent à affluer chez les Sidhom. Leurs youyous retentissent selon leur enthousiasme, les uns tonitruants, les autres dérisoires. Les tambourins se déchaînent dès l'installation des musiciennes, soulevant la clameur des mioches. Les croupes s'enroulent dans les foulards et se mettent à tressauter en une danse endiablée, nullement intimidées par le regard scandalisé des filles en hijab.

Allal et ses amis sont hébergés chez Lyès le ferronnier, à Moulay Naïm, une bourgade voisine. Couché en chien de fusil dans le patio, Zane le nain glisse paisiblement vers un coma éthylique. Il a bu à tous les verres et fumé à toutes les pipes. Tej Osmane, qui s'est autoproclamé *vizir*, c'est-à-dire conseiller du marié, assume son statut provisoire avec sérieux et obséquiosité. Il passe d'un convive à l'autre pour s'enquérir de leur confort.

Allal consulte sa montre, inquiet :

— Ils sont en retard.

— C'est sûrement à cause de la canicule, le rassure Tej. Ils ont peut-être décidé d'attendre une heure moins inclémente.

Allal n'est pas tranquille. Il se rassoit, essuie ses mains moites dans un mouchoir.

— Kada aussi se fait attendre, observe-t-il d'un air renfrogné. Tu ne vas pas me dire que c'est à cause de la chaleur.

— Concentre-toi sur tes noces, lui conseille un Jafer quasiment dans les vapes. Tout le monde a été invité à ton mariage. S'il se trouve des jaloux assez stupides pour te bouder, c'est pas tes oignons. Tiens, ajoute-t-il en lui présentant une pâte brunâtre, goûte-moi ça. Elle contient des vertus aphrodisiaques à faire sauter un cadenas.

Smaïl Ich pousse le portillon du jardin et manque de marcher sur Zane, inerte en travers de l'allée.

— C'est quoi, cette merde ! s'exclame-t-il avant de déposer un volumineux présent devant Allal...

Sans demander la permission de l'ouvrir, il tranche d'un coup de canif le ruban, dévaste le papier d'emballage et dit :

— C'est cheikh Abbas qui te l'envoie.

C'est un tableau représentant une calligraphie dorée sur un fond noir velouté.

— *Sourat el koursi,* explique Smaïl. Ce verset te préservera des mauvaises fréquentations.

— Dis à Abbas que je le remercie.

— C'est ça, mon poulet, ça va lui faire une belle jambe. Ne m'en veux pas trop si je ne tiens pas à rester parmi tes copains. C'est qu'il y a trop d'influences malsaines par ici.

Ghachimat a allumé ses réverbères plus tôt que d'habitude. Le maire estime qu'il peut se permettre certaines fantaisies. Ce n'est pas tous les jours que l'on marie sa fille. Sur les flancs teigneux de la colline, le soir débusque les dernières arêtes du jour et entreprend de les traquer vers les hauteurs de la montagne. Dans la fraîcheur crépusculaire, les notes zélées des tambourins voltigent et se perdent à travers champs.

Allal Sidhom enfile son costume nuptial et rejoint ses amis dans le patio. Zane émerge imprudemment de son état second. Tej annonce solennellement qu'il est temps d'honorer la vierge. Il tape dans ses mains pour prier les convives de sortir dans la rue où un pur-sang blanc s'impatiente en renâclant. On aide Allal à grimper sur la monture. Tout de suite le cortège s'ébranle au milieu d'une chorale claironnante et des coups de feu tirés à partir de vieux fusils aux gueules évasées.

Sarah est assise sur le lit nuptial, ses menottes frémissantes sur les genoux. Le poète ne saurait dire si c'est l'abat-jour sur la table de chevet ou bien elle, houri aux blondeurs de l'été, qui confère à la chambre tant de féerie. Allal s'agenouille devant elle, lui prend la main. Ses lèvres effleurent les doigts brunis au henné, si maladroitement qu'elles omettent de les baiser. Il lui relève le voile, lentement, de peur de voir le beau visage de la vierge s'évanouir tel un songe qu'on n'a pas su cerner. Les yeux de Sarah s'épanouissent, immenses comme un pré. Et rien que pour ce regard aux miroitements sublimes, Allal oublie la foule qui, dehors, réclame bruyamment le jupon de vérité.

Dans sa maison submergée par l'obscurité, Kada Hilal écoute s'approcher les cortèges comme un supplicié attend le moment de son exécution. Sa mère et ses sœurs sont allées en ville pour ne pas assister à la fête. Lui est resté, rivé à la fenêtre, vouant à l'enfer le village en entier. Il n'a rien mangé depuis le matin. Lorsque Tej Osmane est venu le chercher, il a fait celui qui n'était pas là. Tej parti, l'instituteur a saccagé le jardin, ensuite il est allé dans sa chambre flanquer tout par terre. En voyant défiler le premier convoi — celui de Sarah — il l'a maudit. Maintenant, c'est au tour de Allal de s'amener sur son cheval blanc. Il est passé devant lui, juste à portée de son malheur, beau et radieux, sa meute de baladins hilares gravitant autour de lui. Ses jambes se sont dérobées sous lui, et il a souhaité mourir avant d'atteindre le sol.

III

12

C'est un Kada Hilal débraillé, crasseux et abattu qui se présente, un matin blafard, à la ferme des Xavier. Sa barbe pend sur sa gorge comme une toile d'araignée. Sur sa chemise aux boutons décalés, de larges taches de vomissure ont séché, et ses chaussures, meurtries par les chemins de l'errance, bâillent comme des gueules de batraciens. Il marche péniblement, s'agrippe tantôt à un mur, tantôt à une épaule, s'arrête de temps à autre pour se moucher ou bien pour se retourner à la recherche d'on ne sait quoi. Dans la cour aux allures de place d'armes, les émules l'observent avec incrédulité et se détournent lorsque son regard s'écrase misérablement à leurs pieds.

Smaïl Ich lui passe un bras sous l'aisselle et l'aide à pénétrer dans la pièce austère où cheikh Abbas se recueille après son office. C'est une salle retirée, construite à la hâte, qu'une lucarne haute et efflanquée éclaire parcimonieusement. Le crâne rasé et oint, le cheikh est assis en fakir sur une natte, un livre crucifié sur un minuscule chevalet. Dans sa main, un chapelet cliquette au gré des grains absorbés. Derrière lui, une bibliothèque rabougrie propose quelques ouvrages volumineux, rien d'autre : ni chaise ni tabouret, pas un pot ou bien un carafon ; seulement des murs nus, et, planté dans une encoignure, un frêle bâton aromatique en train de se consumer dans d'imperceptibles filaments de fumée.

Smaïl toussote dans son poing pour attirer l'attention du maître et se retire à reculons. Abbas ne lève pas la tête. Du doigt, il désigne un coin de la natte. Kada se traîne jusqu'à l'endroit indiqué et tombe à genoux, fauché. La page du livre se retourne dans un friselis. Le cheikh poursuit sa lecture tranquillement, puis il dit :

— Où étais-tu passé, fils des Hilal ?

Kada rentre la tête dans les épaules.

— Je ne sais pas...

— Depuis des semaines que nous essayons de te retrouver. Te serais-tu volatilisé par enchantement ?

— J'avais mal et j'étais furieux. Pendant des jours et des nuits, j'ai marché sans me retourner. J'ai voulu disparaître. J'ai souhaité la mort.

Le cheikh Abbas tire le ruban de la reliure sur la page pour la marquer et referme le livre. Il dévisage longuement son élève avant de tendre la main pour lui relever le menton.

Kada recule honteux :

— Ne souille pas tes doigts sur ma chair impure, maître. Je me sens tellement sale.

— Tous les hommes sont sales d'une manière ou d'une autre. Seulement, il y a ceux qu'un simple verre d'eau suffit à laver, et ceux que tous les océans de la terre ne sauraient purifier.

Kada cède sous l'opprobre, les épaules secouées de sanglots.

— J'ai péché, maître, j'ai péché...

— Nul n'est infaillible. Il n'est plus émouvant pardon que celui qu'on implore dans la ferveur. Je ne veux pas savoir ce que tu as fait de tes jours, si tu es sincère.

Le cheikh tend de nouveau le bras. Sa main saisit la nuque hérissée de Kada qui se fait tout petit pour s'y réfugier.

— Tu l'aimais tant que ça ?...

Sentant le corps se raidir sous sa paume, le cheikh poursuit :

— Je suis au courant. Ghachimat n'a pas de murailles assez épaisses pour retenir ses secrets. Je voudrais cependant que tu saches qu'aucune femme au monde ne mérite qu'un homme verse une larme pour elle. Et Sarah n'est pas la meilleure des femmes. Elle est belle comme sont tentantes les illusions. Si le destin a fait d'elle l'épouse d'un autre, dis-toi que, quelque part, le tien t'a épargné. À quelque chose, malheur est bon... L'amour est une attitude servile, une fonction subalterne. C'est aux femmes qu'échoit le rôle de l'exercer pour mériter notre charité. Le drame de l'humanité commence dès lors qu'une femme est aimée alors qu'elle n'a droit qu'à la satisfaction modérée de son maître.

— Je l'aime depuis ma plus tendre enfance.

— Tu n'es plus un enfant désormais. Tu dois la bannir de tes pensées. Il existe, au village, des vierges convenables qui ont su préserver leur honneur au point de passer inaperçues. Tu ne les vois pas, les autres non plus, et c'est mieux ainsi... Sarah n'est qu'une dévergondée, un succube maintes fois possédé par les esprits dépravés. Elle marche tête nue, le mollet dévoilé, et elle parle à haute voix dans la rue. Si le hasard a sarclé ton chemin d'une herbe vénéneuse, c'est parce que Sarah ne mérite même pas d'être foulée de ton pied.

Kada Hilal a de la peine en entendant le cheikh parler de la sorte de la femme adorée. Il essuie ses narines d'une main furtive.

— Il me faut du temps pour reprendre le dessus, maître. Je voudrais partir loin d'ici. Je me sens incapable de me raisonner en restant à proximité d'elle.

— Nous avons besoin de toi parmi nous. Les élections communales sont engagées. Je veux faire de toi le maire de Ghachimat.

— Il *faut* que je parte.

— Où veux-tu aller ?

— N'importe où, à Alger, Sétif, Biskra. Nous sommes légion, maintenant. Le pays nous appartient déjà. Je me contenterai de n'importe quoi : secrétaire auprès d'un cheikh, gestionnaire dans une mosquée, milicien de la Cause...

Le cheikh comprend qu'il doit choisir un autre candidat pour le poste communal. Il se retranche derrière sa barbe pour méditer. Son chapelet se remet à crisser entre ses doigts.

— Le Front a envoyé des volontaires en Afghanistan, supplie Kada. Je voudrais me racheter les armes à la main. Je t'en prie, aide-moi à rejoindre les moudjahidin.

Les yeux du cheikh s'illuminent. Kada se rend compte aussitôt que sa requête a touché une fibre particulièrement sensible, que ses semaines d'égarement lui sont déjà toutes pardonnées.

L'accord arrive au bout d'une trentaine de jours. Kada a juste le temps d'entasser une ou deux chemises, un sarouel et des livres religieux dans son sac. À sa mère, qui l'observe, il ne dit mot de son expédition. Il quitte la maison sans un regard pour les murs qui l'ont vu grandir, sans un signe en direction de ceux qui l'ont chéri.

Tej Osmane l'attend dans la rue, arrogant dans son espèce de soutane afghane. Ils grimpent dans une voiture surmontée d'un étendard vert et traversent le village devant une meute de mioches hurlants. Les paysans attablés à la terrasse du café suspendent leurs papotages et suivent d'un œil morne le véhicule auréolé de poussière filant vers la ferme des Xavier.

Des clameurs s'élèvent au moment où la voiture envahit le cailloutis de la cour. Toutes les ouailles sont là, fébriles et subjuguées. Kada met pied à terre. Il a le sentiment de fouler l'herbe immarcescible des jardins célestes. La foule cascade sur lui, des bras bataillent pour le toucher, les lèvres se tendent pour baiser un pan de sa robe malgré l'appel au calme de Tej.

Abbas apparaît sur le seuil de la salle des conciliabules. Sa silhouette emblématique, amaigrie à force d'ascèse et d'abstinence, apaise les esprits. Il sourit : une lézarde vient de laisser entrevoir un liséré de paradis. D'une main tutélaire, il invite l'émissaire à s'approcher.

— Sache que nous serons à tes côtés partout où tu iras, digne enfant de Ghachimat. Nous armerons ton bras lorsque le froid l'aura engourdi, te prêterons notre vigilance pour surmonter les nuits éprouvantes et nos prières domineront la furie des mitrailles pour raviver ta hargne. Va, Kada Hilal, va dire aux mécréants que l'on ne muselle pas la Parole, qu'aucune camisole ne peut contenir la foi. Va dire au monde que chez nous la vaillance est nature, que l'appel du Jihad nous fait longer mers et continents d'une seule enjambée... Va, je te bénis.

Le cheikh pose ses lèvres sur la tête de l'élève. La confrérie entière accuse un soubresaut tel que certains basculent dans une hystérie extatique.

Un mois plus tard, le Front Islamique du Salut rafle haut la main les élections communales. La majorité des mairies brandiront, sur le fronton de leur édifice, des slogans intégristes. Ghachimat fêtera sa victoire pendant sept jours et sept nuits dans la symphonie des youyous et des éructations de mousquetons. Dans les rues, une jeunesse galvanisée parade sans répit, provoquant les mines déconfites. Dans la mosquée en liesse, de nouvelles têtes émergent, fières des épines qui commencent à leur hérisser les joues et qui promettent déjà des barbes bien fournies. Quelques Anciens finissent par se ranger derrière les adolescents exaltés, sans gêne aucune. La versatilité se veut un gage de bonne conduite. Avec infiniment d'intérêt, ils écoutent les nouveaux gourous haranguer les chiens et les démons, et ils saluent de la tête la phrase assassine comme autrefois le hadith certifié.

L'ancien maire est sommé de débarrasser le plancher en ne touchant à rien. « Nous dépisterons tes empreintes digitales jusque sur l'échafaud », lui déclare Smaïl Ich absolument révolutionnaire dans sa manière d'exercer ses nouvelles prérogatives de magistrat communal.

On procède aussitôt à l'épuration de l'environnement : on reconduit les fonctionnaires sympathisants, on chasse *manu militari* les chiots du régime en voie de reddition. Le hijab est imposé, et la barbe exigée. De sous son platane qui cache la forêt, Dactylo regarde le village se muer en forteresse, la bonhomie de naguère se découvrir de l'agressivité, le farniente accoucher du chaos, et le soir, en allant se recueillir du côté du temple, les choses de la nuit ne lui confient plus leurs tendres secrets.

13

Zane le nain est perché sur la branche d'un arbre, les bras collés sur ses flancs à la manière d'un rapace. Il se tient ainsi depuis une heure, sans frémir. C'est parce que les garnements lâchaient leurs chiens à ses trousses qu'enfant Zane a appris à se réfugier dans les arbres. Malgré son infirmité, il les escaladait aussi vite qu'un singe et restait tapi dans les branchages jusqu'à la levée du siège. Pour lutter contre la fatigue et la terreur, Zane essayait de penser à autre chose. C'est ainsi qu'il s'est mis à rêver d'être un oiseau. Au début, les gens détestaient le surprendre dans cette position. Ils rebroussaient chemin et se signaient pour conjurer le sort. Zane les ignorait. On pouvait le traiter de corbeau, lui lancer des cailloux, rien ne l'atteignait. À l'usure, les mauvais présages ne minimisant pas le malheur, on a fini par ne plus faire attention à lui.

Dans le lit de la rivière où la bande à Mourad s'est retranchée, un essaim de moucherons bourdonne sans arrêt. Une couleuvre indolente se faufile au milieu des galets, aussi silencieuse qu'une zébrure. En contrebas, des ânes musardent, les membres de devant ficelés. Du fond de la forêt parviennent les clameurs des Frères s'exerçant au close-combat. Leurs cris de guerre résonnent à travers la campagne, soulevant par intermittence de lourdes nuées de moineaux.

Lyès s'aperçoit que sa cigarette s'est consumée entre ses doigts.

— Pourquoi font-ils tout ce raffut ? maugrée-t-il. Ils ont eu les mairies, ils vont avoir l'Assemblée, alors pourquoi ces manœuvres ?

Zane glisse soudain de sa branche et vient s'allonger devant le ferronnier :

— Crois-tu qu'ils voudront de moi ?

— Si tu es capable de guerroyer un sabre dans une main et dans l'autre un tabouret, ils t'engageront d'office.

— Pourquoi un tabouret ?

— Pour monter dessus, tiens. Sinon, comment comptes-tu croiser le fer avec l'ennemi ? C'est à peine si tu lui arrives à la braguette.

— Ce n'est pas drôle, dit Zane flambant comme un fétu de paille.

Lyès se met sur le coude pour faire face au nain.

— Tu es sérieux ? Tu veux vraiment rallier leurs rangs ?

— Il faut savoir se mettre à temps du bon côté. Et puis, ils ne sont pas forcément dans l'erreur. Nous sommes une nation qui marche à la trique. Il n'y a pas mieux qu'un coup de pied au cul pour nous secouer. La preuve, depuis qu'ils ont pris les commandes, on n'est plus obligé de corrompre le guichetier ou d'implorer l'infirmier. Tout marche au doigt et à l'œil. En plus, ils militent pour l'Islam, et je suis musulman.

— Tu l'étais aussi lorsque tu détroussais les pauvres grand-mères de la ville.

— Je ne vais quand même pas passer ma vie sur le mauvais chemin.

— Ces types n'ont rien à voir avec l'Islam. Dactylo dit que ce sont des déviationnistes. Ils font de la religion leur cheval de Troie.

Zane redresse curieusement les oreilles.

— Il a dit ça, Dactylo ?

— Il a dit aussi qu'ils veulent instaurer l'intégrisme international sous l'égide des Iraniens. Tu n'as jamais entendu parler du Vieux de la montagne ?

— Qui c'est ? Moussa l'ivrogne ?

— Dactylo raconte qu'à la fin du XIe siècle, un dingue persan s'est installé sur la montagne d'Alamut pour fonder la secte des Assassins. Assassins vient d'*assassyine* qui veut dire « fondamentalistes » en arabe. Il a semé la mort et la terreur sur la terre entière, s'attaquant à de redoutables seigneurs jusque dans leurs propres fiefs. Puis, ça s'est tassé. Plus tard, lorsque l'empire ottoman s'est écroulé comme un château de cartes, les Iraniens ont cherché à investir la place vacante et à instaurer un Califat pour avoir droit de regard sur les nations musulmanes et sur leurs richesses afin de s'offrir du bon temps.

— Dactylo n'a jamais quitté le village, proteste Zane. Il ne peut pas savoir ce qui se passe ailleurs.

— Dactylo a lu un tas de bouquins. Tu n'as qu'à l'écouter te submerger de ces mots savants que personne n'est foutu de déchiffrer dans un dictionnaire. C'est pas un taré comme toi.

— Je ne suis pas un taré. On est en démocratie, et je suis un citoyen à part entière, grogne Zane en se levant. J'ai le droit de choisir mon camp.

— Qui voudra d'un nabot ?

Zane ricane. Avec le doigt, il tape sur son crâne.

— Je suis petit de taille, pas d'esprit.

Il pivote sur lui-même et se dépêche de couper à travers champs. De l'artère principale du village, Smaïl Ich surveille une équipe des ponts et chaussées en train de colmater les nids-de-poule dans le bitume. À l'abri d'un arbre, Issa Osmane et un groupe de vieillards vantent les performances du rouleau compresseur. Le père de Tej trouve que la machine va plus vite que l'homme, et les autres acquiescent doctement de la tête. Zane prend par une ruelle malodorante pour rejoindre le garage de Tej Osmane. Le mécanicien finit de changer des plaquettes de frein. Sans s'arrêter de travailler, il demande :

— Des problèmes ?

Zane hausse les épaules et s'assoit à croupetons devant le véhicule.

— Prends-moi dans ton équipe.

— Tu ne connais rien à la mécanique.

— Je parle de l'autre équipe. Je fais ma prière, et j'ai coupé court avec les vacheries. L'autre jour, j'ai trouvé un porte-monnaie et je l'ai remis à son propriétaire sans regarder dedans. Qu'est-ce qu'il faut faire de plus pour être enrôlé ?

— Tu l'es déjà.

— Comment ça ?

— Tu veilles au grain.

Zane n'est pas emballé. Il garde la tête basse et les mains sur les genoux.

— J'ai besoin d'exercice. J'ai besoin de porter le brassard blanc frappé d'écritures vertes, parader devant la foule, brandir moi aussi des banderoles et crier sur les toits « mort aux renégats ».

— Les murs ont des oreilles... Il y a du café dans le thermos.

Zane se déplace à la manière d'un canard, remplit une tasse et revient, les fesses raclant le sol. Tej ajuste les plaquettes et recule pour placer la roue.

Zane lâche :

— Dactylo a la langue plus pendue qu'une queue de cheval.

— Ah oui ?...

— Il raconte qu'un dingue s'est installé dans la montagne pour fonder les assassins que sont les fondamentalistes. M'est avis qu'il vise cheikh Abbas. Il a ajouté que les Persans et les Iraniens sont derrière tout ça pour ramener un certain Othmane le Pire de La Mecque et en faire le calife parce qu'il est riche, et comme ça nous pourrons nous offrir du bon temps.

— C'est quoi, ce charabia ?

— Ben, Lyès utilisait des mots français et j'ai eu du mal à le suivre. Ce qui est certain, c'est que Dactylo ne nous sent pas.

Tej visse les boulons de la roue, actionne le cric et serre les écrous. Il se lève, tire des billets de banque de sa poche et en tend deux à Zane.

— En attendant, offre-toi du bon temps.

Zane fait disparaître l'argent d'un geste de prestidigitateur. Il ne s'en va pas.

— Qu'est-ce qu'il y a encore ?

Zane déglutit, respire un bon coup et s'enquiert :

— Je veux juste savoir : est-ce à cause de ma taille ?

— Tes yeux et tes oreilles nous suffisent. Maintenant va-t'en. J'ai un joint de culasse à remplacer.

Jafer finit par se rendre à l'évidence : il doit se faire une raison. Ses amis sont partis, chacun de son côté. Allal Sidhom est constamment pressé de rejoindre son épouse. Dactylo ne le supporte plus. Le café ressemble à un mouroir, le village à une caserne. Les Frères s'initient progressivement à l'exercice d'une véritable inquisition ; ils sont partout à intimider les uns, à bousculer les autres. Jafer ne se retrouve plus. Il subit les mutations des mentalités comme une grossesse nerveuse. La nuit, il jure de quitter le douar aux premières lueurs de l'aube ; le jour il s'aperçoit qu'il n'a ni la force ni le courage de s'aventurer au-delà de Moulay Naïm. Et c'est ainsi que, l'usure aidant, son entêtement rompt tel un carcan pourri et qu'en s'arrêtant de bêcher son père le découvre debout au milieu du champ, une casquette sur la tête et une pioche au poing.

— Qu'est-ce que tu veux ?

— Ça se voit. Je viens te donner un coup de main.

— On ne travaille pas avec une pioche, mais avec du cœur, fait le père en se remettant à ahaner.

Jafer est déconcerté. Il s'attendait à un accueil moins expéditif.

— Tu me faisais la tête parce que je ne foutais rien. Maintenant que je me suis assagi, tu m'envoies balader.

Le père se retourne vivement, la figure vibrante de colère :

— Ton grand-père vouait à cette terre un amour religieux. Il en adorait chaque épi, et il passait le plus clair de son temps à regarder pousser son blé millimètre par millimètre jusqu'à ce qu'il atteigne sa taille. À quatre-vingts ans, il appuyait sur la charrue avec la fougue de deux bœufs. Pas une fois, malgré tant de disettes, il n'a pensé à l'hypothéquer. Lorsqu'il se pavanait dans ses champs, tenant à brassée une gerbe, c'était le monde qu'il tenait à bras le corps. Moi aussi, je pestais lorsqu'il me tirait de mon lit nuptial à des heures impossibles. Mais j'ai fini par comprendre. Quand la Révolution agraire nous a amputés d'une bonne partie de nos terres, quand les tracteurs socialistes ont déraciné nos amandiers, ton grand-père, qui se tenait sur la margelle du puits là-bas, a porté sa main à son cœur et est tombé raide mort... Et toi, comme ça, parce que tes amis t'ont laissé tomber, tu t'empares d'une pioche, tu t'amènes, et tu penses le plus naturellement du monde qu'il suffit de creuser le sol pour le mériter... Retourne d'où tu viens, Jafer. Réfléchis à tête reposée, tourne et retourne une poignée de terre entre tes doigts. Le jour où tu percevras son pouls, où tu auras la certitude qu'il t'insuffle un peu de sa vie, rejoins-nous et nous t'ouvrirons nos bras.

L'horizon saignera aux quatre veines, ce soir-là, et Jafer ne compatira pas. Il restera dans les champs, bien après le départ de son père et de ses frères, appuyé sur sa pioche, puis assis dans un labour, la tête entre les genoux, et pas une fois ceux qui passeront au loin ne réussiront à le distinguer des épouvantails plantés autour de lui.

14

Dactylo fronce les sourcils. C'est la deuxième fois que les trois camions de la commune remontent de l'autre côté de la colline. Chargés de gravier et de sable le matin, les revoici charriant des centaines de sacs de ciment et des rouleaux de ferraille. Derrière le mamelon, il y a le château d'eau, mais ce dernier a déjà été rénové. Dactylo se gratte la tête pour réfléchir à ce qui peut bien mobiliser une aussi importante logistique.

Son client, un petit bonhomme avec une barbiche de mauvais génie, se retourne lui aussi vers le convoi.

— Ils construisent un bassin d'irrigation, explique-t-il dans l'espoir de le voir reprendre la lettre qu'il lui dictait.

Dactylo fait « hum ! », tape sur le clavier de sa machine, corrige une faute et poursuit la phrase jusqu'au bout de la ligne. Le client tend le cou, impressionné par les caractères latins qui s'impriment comme par magie. Son turban se répand sur le clavier. Sans s'énerver, Dactylo attend patiemment que l'autre daigne se retirer et le laisser finir le travail.

— Donc, tu comptes vendre la maison de ta tante ?...

Le client reste perplexe un instant, comme si l'écrivain public venait de mettre le doigt sur un secret, puis il opine du chef :

— Dis-lui que tante Zohra a décidé d'elle-même de se débarrasser de son taudis. Elle vivra parmi mes enfants, dans ma maison. Elle mangera à sa faim et fera ce que bon lui semble. Ne dit-on pas que c'est dans les moments difficiles que l'on reconnaît les siens ?

La machine crépite sur trois lignes et s'arrête.

— Oui ?...

— Comment ? Tu lui as expliqué ?

— Bien sûr.

— Tu fais drôlement vite, dis donc. Regarde bien. Tu as sûrement omis de mentionner un détail important.

Faisant bon cœur contre mauvaise fortune, Dactylo relit les trois dernières lignes.

— Tu vois ? s'écrie le client. Je te le disais bien. Tu as oublié d'insister sur « débarrasser ». Dé-bar-ras-ser.

Dactylo s'arrange pour insérer les observations de son client, un peu contrarié de s'associer, malgré lui, à une opération suspecte. Mais ce sont là les choses du métier. Il connaît d'autres écrivains publics qui sont tout oreilles et gardent des archives pour faire chanter leurs clients et joindre ainsi les deux bouts. Il retire la feuille de la machine, la plie en quatre, soigneusement, la glisse dans une enveloppe et tend le tout au client.

— Ça te fait trente dinars.

Le client proteste avant de payer, puis il s'éloigne en promettant qu'à l'avenir il s'adressera à un autre écrivain moins gourmand.

Smaïl Ich range sa voiture de service devant le café. Ses cinq enfants en bas âge se disputent sur la banquette arrière. Il les somme de se tenir tranquilles, claque la portière et soulève son ceinturon par-dessous son kamis en se tortillant le postérieur. Son regard va d'abord intimider un groupe de vieillards isolé sous un porche avant de se répandre, vaste et menaçant, sur les paysans attablés à la terrasse et dont certains s'empressent de corriger leur attitude. De son comptoir, Ammar étale un sourire prévenant, retire une tasse convenable du fond des rinçures, l'essuie dans son tablier et la met de côté à toutes fins utiles.

Smaïl a acquis suffisamment d'autorité depuis son intronisation à la tête de la mairie. Ce n'est plus le voyou au rire ridicule qu'on méprisait. Il a appris à marcher d'un pas mesuré, à ne sourire qu'avec modération et à interdire la familiarité. Bien sûr, sa barbe demeure repoussante, cependant il continue de soigner ses manières de délinquant rural pour être à la hauteur de son nouveau statut. Il arrête les gens sur son chemin, leur demande comment ils vont, note leurs doléances dans un calepin. Cela, aucun maire ne l'avait fait auparavant. « La responsabilité est une charge, pas un privilège », adore-t-il faire remarquer.

Il dit à un paysan attablé devant l'entrée du café :

— On m'a appris que tu as eu un enfant.

— Une fille, se plaint le père.

— C'est la sixième ?

— La neuvième, monsieur le maire. Rien que des filles.

— Ah, ça, mon vieux, de deux choses l'une : ou tu changes de moule ou tu permutes tes glandes génitales.

Un éclat de rire salue la pertinence du maire, malgré la mine renfrognée du paysan.

Smaïl touche la main à deux vieilles connaissances, s'approche d'un vieillard craintif :

— Tu devrais être en train de roupiller, Kouider. Sinon, comment comptes-tu t'acquitter de ta tâche de gardien de nuit ?

Le vieillard ne se le fait pas dire deux fois. Il ramasse son gourdin et s'éclipse. Deux autres, sentant que leur absentéisme va les condamner, préfèrent débarrasser le plancher sur la pointe des pieds.

— Tiens, Sy Rabah, je te croyais à Sidi Bel Abbes.
— J'attends le car. Il a trois heures de retard.

Smaïl griffonne dans son calepin.

— Je vais régler définitivement ce problème de transport. Vous aurez un bus trois fois par jour.

Un brouhaha de soulagement et de gratitude salue la promesse du maire, et Smaïl le savoure jusqu'aux derniers trémolos.

Dans la rue, il contemple l'artère principale dans sa nouvelle robe d'asphalte, les beaux réverbères, le siège de la mairie badigeonné de couleurs criardes, la calligraphie verte sur son fronton puis, plus loin, les trois camions de la commune revenant du chantier. Son poing cogne dans son autre main en signe de fierté, se referme davantage lorsque son regard s'abat sur Dactylo.

— Comment vont les affaires, l'écrivain ?

— Au train où vont les choses.

— Les choses vont très bien, tranche Smaïl susceptible.

— Tant mieux.

Smaïl est sur ses gardes. Il sait son interlocuteur sibyllin et il craint de se faire ridiculiser par quelque tournure de phrase subtile.

— Avec toi, il y a toujours anguille sous roche.

— Il n'y a plus d'eau dans la rivière, Smaïl.

— Monsieur le maire ! On ne garde pas les vaches ensemble... Toi, on ne sait jamais ce que tu as derrière la tête.

— Seulement mes mains.

— On raconte que tu ne nous blaires pas.

— Qui ça « on » ?

— Je t'ai à l'œil, méfie-toi.

Smaïl s'éloigne de quelques pas, pivote sur ses talons :

— Au fait, c'est quoi ton vrai nom, Dactylo ? À la longue, ça tarabuste. Il faut qu'il soit vachement compromettant pour se garder de le décliner, hein ? À moins qu'il n'ait des connotations obscènes.

Le ton est monocorde, mais ciblé, pleinement significatif. Dactylo sent soudain ses tripes s'enchevêtrer.

Pour la troisième fois, les camions de la commune dévorent la piste poudreuse de la colline. De plus en plus intrigué, Dactylo range son attirail sous le platane et décide d'aller sur place voir de quoi il retourne.

Un chantier gigantesque est déployé autour du temple. Des dizaines de volontaires fourmillent dans la fournaise dans un bal de brouettes geignardes et de charrettes. On déterre les dalles millénaires, on creuse des tranchées en plein cœur du temple, on ravage sauvagement le site historique. Dactylo se met à courir d'un manœuvre à l'autre pour les supplier d'arrêter le massacre ensuite, scandalisé, il s'élance vers Tej Osmane qui dirige les travaux du haut d'un tertre.

— Il faut stopper ce vandalisme, et tout de suite.

Tej l'ignore. Il continue de hurler après les traînards. Dactylo le saisit furieusement par l'épaule :

— Je te parle.

Tej considère la main imprudente d'un œil torve, l'arrache d'un geste dédaigneux :

— La prochaine fois, je te la trancherai au niveau du poignet et te la foutrai dans ta grande gueule.

— Vous êtes en train de dévaster le temple.

— Quel temple ? Ces ruines infectes ? Nous allons bâtir une monumentale mosquée là, et regarde un peu la vue que nous aurons sur la vallée... Maintenant, de l'air. On en a besoin, par ici.

Dactylo comprend qu'il n'a rien à espérer à ce niveau. Il se met à courir comme un fou vers la ferme des Xavier. La milice du cheikh l'intercepte à l'entrée de l'enceinte.

— Je veux voir Abbas.

— Il se recueille.

— C'est extrêmement important.

Boudjema, le frère de Mourad, dévisage l'écrivain public.

— Bon, je vais voir ce que je peux faire.

Il revient au bout de quelques minutes.

— C'est à propos de quoi ?

— Du temple. Ils sont en train de le démolir.

— Ah, je vois.

Dactylo doit patienter une heure avant d'être conduit auprès du cheikh.

— Je t'écoute.

— Cheikh, il faut arrêter la destruction du temple.

— Pourquoi ?

— Comment ça, pourquoi ? Il s'agit d'un site historique, d'un patrimoine...

— Et quelle est donc son histoire ?

— Je ne sais pas. Ce sont des ruines séculaires, probablement millénaires. Elles ont survécu aux guerres et aux érosions, et nous devons les préserver. Ce sont des repères inestimables. Elles portent une part de notre histoire.

— Elles étaient là avant nous. Elles ne sont donc pas à nous.

— Elles sont une part de l'Histoire.

— Mythologie ! s'emporte le cheikh. L'Histoire, la vraie, commence avec l'avènement de l'Islam.

— Il y a eu d'autres religions avant, d'autres prophètes. Les Saintes Lectures leur consacrent d'importants chapitres.

— Je t'interdis de mêler le Livre à ta salive d'ivrogne !

Le cheikh retourne à ses lectures. L'entretien est clos. Boudjema saisit l'écrivain public par le bras et le jette dehors.

15

— Je suis soulagé d'apprendre que tu as rejoint ton père au travail, dit Allal Sidhom.

Jafer ne l'écoute pas. Il contemple le salon, ne retrouve plus les murs malheureux d'autrefois, ni les tentures loqueteuses, encore moins la misère qui empuantissait la maison de son ami. Les parois sont rieuses de papier peint, le sol recouvert de tapis, et il y a de jolis rideaux aux fenêtres. Un petit aquarium peuplé de poissons minuscules illumine un recoin pendant qu'un scaphandrier de plomb surveille un coffre qui s'ouvre et se referme sur d'interminables bulles d'air.

— Dis donc, s'exclame-t-il, c'est la vie de château, chez toi.

— Il suffit d'un rien, pourtant.

Jafer promène son regard sur les belles choses rapportées par Sarah. Sur le mur d'en face, le portrait du couple photographié au lendemain de la nuit de noces : Sarah est sublime dans sa robe de mariée, la main gantée jusqu'au coude. Elle tient un bouquet de fleurs en papier. Allal a le sourire de celui qui réalise difficilement son bonheur. Sa cravate est tordue, mais son costume impeccable.

— Heureux ?
— Comblé, dit Allal en rougissant.

Jafer est jaloux et ému à la fois.

— Tu es quelqu'un de bien, Allal. Je suis content pour toi.
— Merci.
— Quand comptes-tu me présenter à ton épouse ?
— Tu sais bien que ça ne se fait pas.
— Fais pas de chichis. Je veux la voir de près.
— Elle ne voudra pas venir. Elle est pudique.
— Elle a été au lycée, non. Elle sait ce que c'est.

Allal cède. Il va chercher sa femme. Jafer l'entend la supplier en riant, et elle refuser timidement de le suivre. « Tu es fou ? Ça ne se fait pas, voyons... » Finalement, la porte s'écarte et Sarah apparaît comme une aurore. Jafer est confus. Maintenant qu'elle se tient devant lui, il s'embrouille et se sent ridicule.

— C'est Mine de Rien, dit Allal en retenant sa femme par le bras pour l'empêcher de s'enfuir. Il est malin et je ne peux pas me passer de lui.

Jafer tend la main, la retire promptement. La gorge aride, il s'entend balbutier :

— Il te traite bien, ce mufle ?

Sarah émet un petit rire. Pour Jafer, c'est toute une fontaine qui chantonne dans les fourrés.

— Tu vois ? lui reproche amicalement Allal en libérant son épouse. Tu l'intimides.

Sarah s'éclipse telle une éclaircie dans la brume.

— Voilà, c'est fait. Tu l'as vue.
— Pas assez...

— Espèce de salopard. Rassieds-toi, va, et raconte-moi comment c'est, le travail d'un laboureur.

Jafer fixe la place où se tenait Sarah.

— Hé, tu m'entends ?

— Dieu ! C'qu'elle est belle. Tu ne voudrais pas me l'échanger contre un œil ? Faut bien que j'en garde un pour l'admirer.

— Ça suffit. Tu vas nous porter le mauvais œil.

Jafer s'assagit et se rassoit.

— Alors, ces champs ?

— Ça n'a pas été facile, mais je commence à m'y faire. Mon père m'a laissé mariner deux semaines avant de me prendre dans son équipe. Le soir, je n'ai plus d'insomnies... Et toi, le flic ?

— Les intégristes nous mènent la vie dure.

— Je suis au courant. Les choses se décomposent. Je n'aime pas ça... Qu'est-ce qu'ils veulent au juste ? Ils ont les mairies...

Allal porte son verre à ses lèvres, le repose pour dire :

— On dit que le FIS a ordonné la désobéissance civile.

— C'est-à-dire ?...

— J'en sais rien. Mais ça doit être moche.

— Ça va vraiment aussi mal que ça ?

— À Alger, c'est la catastrophe. Les CRS sont mobilisés. Tous les jours, ils sont obligés de disperser les manifestants à coups de grenades lacrymogènes. Le feu est mis au poudre, et ça va péter d'un moment à l'autre.

— Arrête, tu me fais peur.

— J'ai peur, moi aussi, figure-toi. La première

tuile qui se décroche va atterrir sur mon képi. Les intégristes sont en train de constituer une armée parallèle. Tu n'as qu'à les voir défiler dans les rues comme des paras. Il se passe des choses dans les forêts. La carrière de Sidi Saïd a déploré le vol d'un important lot d'explosifs.

— C'est peut-être de la subversion.

Allal fait non de la tête :

— La semaine passée, une femme et son fils de six ans ont été brûlés vifs chez eux. On reprochait à la mère de se prostituer. Des agressions similaires sont signalées par endroits. Le vendredi, après la prière, la foule fait exprès d'emprunter les rues où il y a un commissariat pour scander « Ni démocratie, ni Constitution, seulement la sunna et le Coran »...

Allal se tait brusquement, se redresse. Dehors, des vociférations se déclenchent, suivies d'un tumulte. On entend les gens sortir dans les patios, ensuite dans la rue.

Ghachimat est sens dessus dessous. La nouvelle a atterri telle une bombe sur la mosquée. La foule des Frères a remué lourdement, engrossée par son propre dépit. Puis Tej Osmane a grimpé sur le minaret, la figure congestionnée, et a crié :

— Frères, nos leaders ont été arrêtés. Les membres du Mejless sont tous en prison. Et cheikh Abbas aussi.

16

C'est Jelloul le Fou qui l'a vu le premier. Il était vautré dans un fouillis d'herbes et observait les fourmis lorsque le taxi s'est arrêté devant le pont. Jelloul s'est mis sur son séant. Sa salive pendouillait sur son menton, s'égouttait par touches élastiques sur sa poitrine. L'homme a payé le chauffeur, puis il a embrassé du regard la montagne, la colline et la vallée. Il paraissait pressé de les conquérir. Un sac marin à l'épaule, il a marché vaillamment sur le douar.

Jelloul ne l'a pas reconnu tout de suite à cause de son accoutrement : chèche surmonté d'une sorte de toque kaki, veste jusqu'aux genoux, robe orientale en dessous, puis les chaussettes épaisses échappant d'une paire de chaussures grotesques qui hésitent entre le godillot et le pataugas. L'homme s'est retourné vers le fou, lui a souri. Alors seulement Jelloul a compris qui c'était :

— *Wah Wah,* Kada... Kada...

Kada Hilal pouvait très bien se faire déposer devant chez lui. S'il a arrêté le taxi sur le pont, c'est pour montrer aux petits et aux grands qu'il est revenu d'Afghanistan, sans une égratignure, mais la tête encore miaulante des bruits de mitraille.

Haj Baroudi interrompt ses ablutions et met longtemps à mettre un nom sur le visage hâlé qui le fixe.

— Le fils des Hilal est de retour, dit-il en repoussant sa casserole.

La nouvelle fait le tour du village en un clin d'œil. Par grappes disparates, puis par ribambelles entières, les mioches commencent à s'attrouper derrière le revenant. Les vieillards, qui somnolaient à l'ombre des palissades, se donnent des coups dans le flanc pour se secouer. Zane le nain saute de son perchoir, pousse un braillement et court se mettre dans les pattes de Kada, gâchant par son incongruité la solennité martiale de celui que le cheikh Abbas éleva, il y a plus d'une année, au rang des martyrs.

— Le héros est de retour !

Alerté par la clameur, Tej Osmane sort de son garage. La vue de son allié le fait reculer d'un pas. Il lave rapidement ses mains dans un abreuvoir et se dépêche d'aller vers la cohue.

— Dieu soit loué ! tu nous es revenu vivant.

Et ils se rentrent dedans dans une collision émouvante.

La foule devenant impossible à contenir, les émules distribuent des coups de matraque pour frayer un passage au moudjahid d'Orient. La cohue redouble d'enthousiasme. Des chants religieux fusent, se rattrapent, déferlent à travers les rues. Smaïl Ich — qui a légèrement perdu la face depuis sa destitution après la dissolution du Front — arrive à son tour, la bedaine ballottante de sanglots. Zane grimpe sur une muraille et, les mains en entonnoir autour de la bouche, il fait le muezzin. Le cortège envahit la place, inonde la cour de la mairie, obligeant Dactylo à ramasser en catastrophe son attirail.

— Ça suffit, s'essouffle Tej. Vous allez l'étouffer.

Les Frères se remettent à cogner dans le tas. Un moment, le revenant perd patience et frappe un adolescent. En réalité, son regard vient de se briser sur la maison de Sarah.

Les esprits se calment devant la propriété des Hilal. Kada lève les bras pour demander le silence. Ceux qui sont à la traîne continuent de hurler. Ceux qui sont devant se retournent vers eux pour les inviter à se taire, et ainsi, d'une rangée à l'autre, les foyers d'enthousiasme s'atténuent jusqu'aux cris des enfants.

— Merci pour votre accueil, mes frères, dit Kada en essuyant une larme. C'est le plus beau cadeau de ma vie. Que Dieu vous bénisse.

Les clameurs se déchaînent. Une voix domine le chahut pour crier au moudjahid qu'il était le *Mehdi attendu*[1]. Kada la remercie avec humilité et rentre chez lui. De nouveau, les chants s'élèvent dans le ciel, aussi fervents que les prières, aussi inflexibles que les serments.

Pendant une semaine, Kada reste enfoui sous ses livres, ne tolérant ni les égards excessifs de sa mère ni les indiscrétions de ses sœurs. La nuit, il sort dans

---

[1]. L'imam du Salut : imam messianique, celui qui reviendra faire observer aux hommes la Parole de Dieu et sauver l'humanité des forces du mal.

le jardin soliloquer. Le matin, il investit la véranda pour lire ou bien pour rédiger des ébauches de manifeste. Pendant ce temps, nul n'a le droit de bouger aux alentours. L'après-midi, il consent à recevoir ses amis. Ils bavardent à l'ombre des roseaux, autour d'une théière. Il leur conte ses combats, les embuscades qu'il tendait, les lourdes pertes qu'il infligeait à l'ennemi, l'armada soviétique si frêle devant la foi des moudjahidin. Les Frères attendent stoïquement qu'il reprenne son souffle pour lui raconter la supercherie du Pouvoir, comment le processus électoral a été bafoué, les leaders de la mouvance islamique arrêtés, les camps de concentration où leurs camarades sont livrés aux inclémences des regs et des bourreaux...

— Les gendarmes nous tombaient dessus à des heures impossibles, s'indigne Boudjema, nous fourraient comme du bétail dans des paniers à salade et nous déportaient qui vers Reggane, qui vers In Emguel dans l'espoir de voir l'insolation nous terrasser.

— Nous avons raflé la majorité des voix, rappelle Tej Osmane. L'affaire de Guemmar, montée de toutes pièces pour nous discréditer aux yeux de l'opinion, n'a pas marché. Ils ont arrêté tout le Mejless pour nous désorienter. Mais le peuple ne s'est pas laissé prendre dans leurs combines... Le jihad est amorcé dans l'Algérois. Des policiers, des mécréants et des collaborateurs tombent tous les jours sous nos balles.

— J'ai vu, j'ai vu, rétorque Kada imbu de lui-même. Les échos de la guerre d'ici nous parvenaient jusqu'aux confins les plus reculés de Lachkargah.

Tej a du mal à se retenir. Kada est décevant. On lui

parle de Blida, il se dépêche de se référer à Chakhcharan. On lui énumère les attentats exécutés à Boufarik, il réplique par ses prouesses dans le Hindu Kuch. Il n'a pas l'air de comprendre que les Frères viennent chez lui pour lui prêter allégeance et le mettre face à ses responsabilités. Le cheikh Abbas n'étant plus là, c'est à lui, Kada Hilal, valeureux moudjahid du col du Salang, de décréter la guerre sainte dans la région.

Tej Osmane mettra un mois pour l'éveiller à lui-même.

17

Couché sur le côté, les mains jointes sous la joue, l'imam Haj Salah n'arrive pas à fermer l'œil. Il écoute craquer les fenêtres branlantes sous les assauts du vent. Dehors, la pluie crachote inutilement sur la colline que zèbrent par intermittence des éclairs fulminants. Quelquefois, la foudre s'abat tout près, et la pièce s'illumine d'une lueur éblouissante, conférant aux ombres des configurations monstrueuses.

— Pourquoi ne dors-tu pas ? lui demande sa vieille épouse.

— C'est à cause du tonnerre.

Haj Salah ne dort plus depuis qu'il a repris ses fonctions d'imam. Il a trouvé la mosquée sinistrée. C'est difficile pour une arène de se muer en salle de prière même si, initialement, elle fut conçue pour le recueillement. Quand le démon est exorcisé, le possédé n'en demeure pas moins fragilisé. Les rares fidèles qui se joignent à lui ne font pas attention à son office. Ils viennent se soustraire au farniente et à la canicule. Les quelques jeunes qui les accompagnent manifestent ouvertement leur hostilité à tout ce qui n'est pas extrémiste. La virulence des prêches, le bruit des fureurs leur manquent. Aussi, lorsque Haj Salah grimpe sur le minbar, sa voix les agace et beaucoup ne reviennent qu'un vendredi sur quatre.

La situation s'aggrave. Depuis quelque temps, des paysans sont délestés de leurs fusils par des individus encagoulés, des voyageurs sont agressés sur les routes, et plus personne n'ose se rendre au chevet d'un voisin une fois la nuit tombée. Les querelles bouleversent les familles. Haj Boudali a sombré définitivement dans la folie. On a été obligé de l'enfermer dans un asile.

Haj Salah est inquiet et furieux contre lui-même. Il ne comprend pas pourquoi, quand il se dresse sur le minbar, son indignation le déserte et les mots collent sur le bout de sa langue.

— Quelqu'un frappe à la porte, dit la femme.

Haj Salah a entendu. Il repousse la couverture et cherche ses pantoufles sous le lit.

— C'est sûrement Dahou, la rassure-t-il. À chaque fois que la nuit est orageuse, il s'arrange pour ameuter le village.

La femme regarde son mari enfiler sa robe, se couvrir la tête d'une serviette et sortir dans le patio.

— Nous nous excusons de la manière un peu cavalière avec laquelle nous t'avons enlevé, dit Kada.

— Puisqu'il s'agit d'un enlèvement, fait l'imam amer.

Il ne sait pas combien d'heures il est resté étalé, la face contre le plancher, au fond de la camionnette, ni comment il a réussi à marcher dans la forêt, les mains ligotées et les yeux bandés, jusqu'à cette cabane où se tiennent les commanditaires de son enlèvement. Quatre hommes le fixent, l'air grave. Kada Hilal se tient sur un coussin, le visage opaque. À côté de lui, Tej Osmane caresse machinalement la lame d'une machette. Smaïl Ich est adossé au mur, les doigts croisés sur le ventre. Le quatrième est un garçon chétif et blafard, presque invisible dans sa veste de para trop large. Il a un liséré de poils follets sur la pointe du menton et du venin dans les prunelles. C'est Youcef, le fils de Haj Boudali.

— Assieds-toi sur le tabouret.

L'imam préfère occuper une natte en osier.

— Vous auriez pu me demander de vous suivre. Je l'aurais fait. Et mon épouse ne serait pas en train de s'alarmer à l'heure qu'il est. Elle est diabétique.

— Tu lui seras rendu avant l'aube, lui promet Kada.

Tej s'agite d'impatience :

— Dis-lui pourquoi il est ici.

Kada l'apaise d'une main hautaine.

Il s'adresse à l'imam :

— Haj Salah, tu es un homme de bien. C'est pourquoi nous faisons appel à toi. C'est vrai, nous n'avons pas été tendres avec les Anciens. Mais ce n'était nullement par insolence. Le monde change et ils refusent de l'admettre... Depuis l'Indépendance, notre pays n'a de cesse de régresser. Nos richesses souterraines ont appauvri nos convictions et nos initiatives. Des traîtres se sont amusés à nous faire passer des gourdins pour des mâts de cocagne. Ils nous ont initiés aux vanités cocardières, à la démagogie. Durant trente années, ils nous ont menés en bateau. Bilan : le pays est sinistré, la jeunesse dévitalisée, les espérances confisquées. Partout s'accentue le renoncement. Plus grave : après avoir perdu notre identité, nous sommes en train de perdre notre âme.

Kada se tait. Cheikh Abbas se taisait toujours de cette façon, subitement, pour raviver l'attention.

— Nous disons « ça suffit ! ».

Smaïl Ich hoche la tête :

— Ça suffit.

— Ainsi est née la Mouvance. C'est Dieu qui a inspiré le Front. Il a eu pitié de cette nation décontenancée qu'un ramassis de faux jetons menace d'anéantir à coups d'abus de confiance et d'autorité, de népotisme outrancier, d'incompétence flagrante et de dépravation. Nous avions le plus beau pays du monde, ils en ont fait une porcherie. Nous avions une certaine légitimité historique, ils en ont fait une usurpation. Et ils ont miné tous nos horizons... C'est pourquoi nous disons « ça suffit ».

— Ça suffit, répète Smaïl d'un air absorbé.

— Nous, partisans du FIS, avons été corrects. Nous avons travaillé et prouvé ce dont nous étions capables. Le peuple a opté pour nos principes et notre idéologie. Mais le Pouvoir voyoucratique refuse de se rendre à l'évidence. Il a délibérément choisi de jouer avec le feu. C'est pourquoi nous lui proposons, aujourd'hui, celui de l'enfer.

Haj Salah lève la tête sur le silence qui vient de tomber dans la cabane. Tej s'est coupé le doigt sur la lame de la machette. Youcef a maintenant deux braises sous le front. Seul Smaïl continue de hocher la tête.

— Et la guerre est là, dit Kada.

— La guerre est là, répète Smaïl.

Haj Salah est fatigué. Le sommeil le gagne et les douleurs lancinantes de ses articulations le relancent.

— Qu'attends-tu exactement de moi, fils des Hilal ?

— Une fatwa.

— Je n'ai pas l'érudition requise. Je ne suis qu'un imam de campagne dont le modeste savoir s'étiole et dont la mémoire est de plus en plus défaillante.

— Tu es l'imam du village depuis quarante ans, intervient Tej exaspéré par la volubilité emphatique et superflue de Kada. Tu es juste et éclairé. Nous voulons que tu décrètes la guerre sainte.

— Et qui est donc l'ennemi ?

— Tous ceux qui portent le képi : gendarmes, policiers, militaires...

— Jusqu'aux facteurs, ironise Smaïl faussant d'un coup la solennité que Kada avait mis longtemps à fignoler pour impressionner l'imam.

Haj Salah reste silencieux pendant une minute, prostré, la tête dans les mains, comme s'il refusait de croire à ce qu'il vient d'entendre. Le moment qu'il redoutait est là. L'ogre se réveille en l'enfant qui ne comprend plus pourquoi, soudain, le besoin de châtier supplante celui de pardonner. Le poète avait raison : il y a immanquablement une part pour le Diable en chaque religion que Dieu propose aux hommes ; une part infime, mais qui suffit largement à falsifier le Message et à drainer les inconscients sur les chemins de l'égarement et de la barbarie. Cette part du Diable, c'est l'ignorance. Sidi Saïm disait : « Il y a trois choses qu'il serait contre nature de confier à l'ignorant. La fortune, il en pâtira. Le pouvoir, il tyrannisera. La religion, il nuira autant à lui-même qu'aux autres. » Haj Salah tremble. Au commencement, il y eut la tendresse de Dieu conscient des épreuves dressées naturellement devant la plus accomplie, mais aussi la plus vulnérable de Ses créatures, celle qui naît dans la douleur, qui ne doit sa survivance qu'à un combat acharné, de ses premières dents à ses dernières volontés. Mais les hommes ne savent pas lire dans les Signes. Ils les interprètent selon leurs convenances. Ils font du rêve une utopie, de la lumière des bûchers, et ils deviennent injustes et insensés.

Haj Salah émerge de sa perplexité. Faiblement. Il n'a pas la force de passer la main sur son visage ruisselant. Il regarde tour à tour Kada, Tej, Youcef, Smaïl et dit :

— Savez-vous pourquoi Dieu a ordonné à Abraham de lui sacrifier son fils chéri ?

— Bien sûr.

— Pourquoi ?

— Pour tester la foi d'Abraham, dit Youcef.

— Blasphème ! Oserais-tu insinuer que Dieu doutât de Son prophète ? N'est-il pas l'Omniscient ?... Dieu avait seulement un message pour les nations entières. En demandant à Abraham de tuer son enfant au haut de la montagne, puis en lui proposant un bélier à la place de l'enfant, Il voulait faire comprendre aux hommes que la Foi a ses limites aussi, qu'elle s'arrête dès lors qu'une vie d'homme est menacée.

Car Dieu *sait* ce qu'est la vie. C'est en elle que réside toute Sa générosité.

Le sac en toile est déposé au milieu du pont de façon à ce qu'il soit vu par le premier venu. Il est recouvert de mouches bourdonnantes. Sa puanteur a fait fuir les oiseaux. Jelloul est en état de choc. Quelque chose a fulguré dans son esprit tourmenté et l'a renvoyé très loin dans le passé. Il se revoit enfant drapé dans une gandoura rafistolée. C'était un matin d'hiver 1959. Il pleuvait. Jelloul portait son déjeuner à son père, palefrenier chez les Xavier. Sur le pont, il avait trouvé un sac — exactement comme celui d'aujourd'hui — duquel émergeait une tête humaine. Parce qu'il ne comprenait pas tout à fait, parce qu'il ne pouvait ni s'enfuir ni hurler, Jelloul avait sombré dans la folie.

Le nouveau sac en toile sur le pont contient lui aussi la tête tranchée d'un homme. Celle de l'imam Haj Salah. Jelloul porte ses mains à ses tempes et se met à hurler, à hurler...

18

L'enterrement n'a rassemblé que très peu de gens. Beaucoup ont jugé prudent de se tenir à l'écart pour ne pas s'exposer. Les Anciens sont pâles, sans voix. Emmitouflés dans leur robe, ils ressemblent à des fantômes. L'oraison funèbre est entrecoupée de longs silences. Lorsque le fossoyeur a déposé la tête de l'imam dans la fosse, Haj Menouar s'est effondré au pied de Haj Maurice, et personne ne s'est donné la peine de le relever.

À la fin de la cérémonie, un garçon demande à son père pourquoi les islamistes s'en sont pris à un homme de culte. Le père lui répond : « Bon croyant commence par lui-même. »

Le reste de la dépouille ne sera retrouvé qu'un mois plus tard, à djebel el-Khouf, dévoré par les chacals.

Ghachimat n'a pas le temps d'essuyer ses larmes. La même nuit, le receveur des postes et télécommunications est enlevé de chez lui. Une bande armée l'obligera à lui remettre l'argent et les timbres fiscaux, ensuite elle le pendra et mettra le feu à l'établissement.

Le règne de la terreur a commencé. La vallée entre dans un monde parallèle, jalonné d'atrocités. Le soleil en rut ne débarrassera pas les jours de l'obscurité ambiante. Quand vient la nuit, ogresse fourbe et boulimique, elle traque les gens et les bruits, et tout le monde se terre et se tait. Les nouvelles engrossent la peur : l'usine de Moulay Naïm est incendiée ; une bombe artisanale a fait sauter le poste de police de Hassi Meskhout ; les routes ne sont plus sûres, les mausolées sont dynamités, les cimetières profanés...

Le fils de Habib le coiffeur est égorgé à Moulay Naïm. Il était en permission. Zane le nain l'a vu descendre du taxi et l'a signalé à Smaïl Ich. Le réserviste est intercepté le soir même, au sortir du hammam. Youcef, le fils de Haj Boudali, lui dit : « Tu as bien fait de te décrasser. Ça nous évitera de procéder à ta toilette mortuaire. » Le réserviste a d'abord cru à une plaisanterie. Youcef était son ami d'enfance. Ils ont été circoncis le même jour par le même taleb... Il est mort debout, pris au dépourvu, les mains agrippées à son cou tranché. Son père le trouve étendu sur la chaussée, nu et mutilé. Curieusement, la rue est déserte. Personne n'a vu ou entendu quelque chose. Habib enterrera son garçon au cimetière de Moulay Naïm, entouré de sa famille et de quelques connaissances visiblement embarrassées d'être là. À un parent, il dira : « Si on l'avait tué dans un accrochage, son fusil à la main, j'aurais accepté. Mais ils l'ont assassiné chez lui, sans arme et sans préavis, et ça, je ne peux pas le pardonner. » Zane était là, compatissant. Il rapportera fidèlement la douleur imprudente du coiffeur qui sera décapité, trois jours plus tard, dans son salon.

Pourtant, après l'effroi des premiers drames,

Ghachimat va étonner. Dactylo s'attendait à voir les gens réagir, ou du moins condamner les horreurs. Petit à petit, au café, au marché, à la mosquée, l'émoi cède la place au divertissement. On se met à trouver aux attentats spectaculaires du panache, aux assassins une témérité rocambolesque, aux exécutions une *légitimité*. Lorsque, un matin, on a découvert, parmi les carcasses fumantes du parc-autos communal, le cadavre carbonisé de Maza le portier, les gens ont fait remarquer, à qui voulait l'entendre, que Maza était absolument désagréable avec les montagnards qui débarquaient à la mairie, qu'il était corrompu et qu'au regard des humiliations qu'il infligeait, autrefois, au pauvre Issa Osmane, il méritait pleinement son châtiment. Et quand, à Moulay Naïm, Dahmane, un vieux retraité de la police, est retrouvé pendu dans une étable, tout le monde se dépêche de compter sur ses doigts les dépassements et les abus qu'il avait accumulés au cours de sa carrière de « briseur de masses ».

— Qui n'a rien à se reprocher peut dormir sur ses deux oreilles, se dit-on. Ceux qui ont été abattus n'étaient pas tous des anges.

Le printemps n'émerveillera ni les bêtes ni les hommes. Les coquelicots évoqueront des boursouflures écorchées. L'aile gauche du cimetière atteindra bientôt les murailles d'en face. Tous les jours, un convoi ira confier son cher disparu à une terre devenue charnier.

Allal Sidhom s'aventure une nuit jusque chez lui. Zane le surprend en train de glisser furtivement le long du nopal, tel un voleur. « Ne reste pas là, le flic. *Ils* risquent de te surprendre et te régleront ton compte. » Puis, devant la déception de l'agent de l'ordre : « Bon, puisque tu es là, tu peux rester pour la nuit. Seulement, promets-moi de ne pas sortir de chez toi. Il y a des espions dans les parages. S'il y a du grabuge en vue, je te ferai signe. Sinon, tâche de déguerpir avant l'aube. » Allal hésite : « Ce n'est pas la peine. Je vais repartir tout de suite. Ne dis à personne que j'étais venu. » Allal rebrousse chemin et disparaît. Zane ne s'éloigne pas. Il va s'embusquer à quelques mètres et ne quitte pas la maison des yeux. Une petite heure plus tard, Allal revient en rampant presque. Zane le laisse rentrer chez lui et court alerter Youcef chargé d'exécuter les *taghout* du village et qui vient régulièrement patrouiller aux alentours pour intervenir dès qu'un indésirable est signalé.

Vers trois heures du matin, Sarah est réveillée par des grattements. Elle s'approche de la fenêtre, surprend deux ombres en train d'escalader le mur du patio. Allal a juste le temps d'enfiler son pantalon et de s'enfuir par-derrière. Des coups de feu le pourchassent à travers les ruelles. Il riposte à l'aveuglette, entend hurler un assaillant et se met à courir comme un possédé à travers champs.

Kada Hilal est hors de lui. Il arpente furieusement le plancher de la cabane qui lui sert de PC au haut du djebel el-Khouf. Youcef se tient au garde-à-vous, livide mais droit. Tej Osmane s'amuse à tailler un morceau de bois avec son canif, le postérieur sur un jerricane et le pied contre une poutre. Dehors, Smaïl Ich initie les nouvelles recrues au démontage et au remontage d'un fusil de guerre pris à un soldat abattu au cours d'une embuscade.

— Tu l'as laissé te filer entre les doigts, rage Kada. À sept contre un, il s'offre le luxe de blesser l'un d'entre vous et de s'évanouir dans la nature.

— Nous l'avons sûrement touché.

— Mais vous n'êtes pas sûrs.

— Il nous faut des armes appropriées. Nos vieux fusils de chasse ne portent pas loin.

— Si tu avais liquidé Allal, tu aurais son pistolet accroché comme un trophée à ton ceinturon, dit Tej en refermant d'un coup sec son canif.

Kada congédie Youcef et son groupe. Il demande à être seul. La bande se retire à reculons. Tej ferme la porte derrière elle et s'adresse à l'émir.

— Ils ont fait ce qu'ils pouvaient.

— Je trouve que ce n'est pas assez. Je veux la tête de ce chien.

Tej s'assoit sur un tabouret, croise les pieds sur la table, les semelles face à l'« Afghan ». D'un air affecté, il scrute ses ongles.

— Je te l'offrirai sur un plateau, promet-il. Soigneusement tranchée et toute dégoulinante de sang.

Kada regarde, à travers la fenêtre, un troupeau d'agneaux en train de brouter, les quelques voitures volées qui constituent le parc-autos de son unité, les guitounes savamment camouflées sous le branchage, et le prisonnier ligoté au pied d'un arbre.

— Qu'est-ce que vous attendez pour exécuter cette vermine ?

— On fait durer le plaisir.
— Il a dit quelque chose ?
— C'est un réserviste fraîchement incorporé. Il n'a pas eu le temps de retenir le nom de son chef.

Kada dévisage le prisonnier, un garçon malingre, à peine un adolescent, qui n'a pas arrêté de trembler depuis son enlèvement au cours d'un faux barrage.

— Je veux la tête de Allal.
— Tu auras sa tête... et le *reste*.

Kada fronce les sourcils :
— C'est-à-dire ?...

Tej se lève et vient se camper devant l'émir :
— Sarah.

Kada veut protester, mais le regard glacé de son lieutenant l'en dissuade.

Intrigué par l'attroupement devant la mosquée, un montagnard descend de son âne et s'approche d'un jeune homme absorbé par les affiches que les intégristes ont placardées sur le mur du sanctuaire.

— Qu'est-ce qu'il y a sur ces feuilles ?

Zane tord le cou pour localiser le montagnard, un vieillard avec une figure de momie et des mains grandes et rêches.

— Ça, dit le nain en montrant l'affiche gauche, c'est la liste du gros lot. Et ça, c'est celle des gagnants à la loterie.

— Ah, fait le montagnard sans comprendre.

Sur l'affiche de gauche, l'avis commence par un hadith certifié et recense les pratiques que les fidèles doivent absolument proscrire. On note, outre les tabous originels, les péchés modernes tels le bain maure, les salons de beauté, le port de la jupe, le maquillage, la musique, la pratique de la voyance, la consommation de tabac, la lecture et la vente de la presse, l'antenne parabolique, les jeux de hasard, les plages, etc.

Sur l'affiche de droite, après un verset coranique griffonné d'une écriture malhabile, s'étale la liste des personnes assassinées par les intégristes et les raisons qui ont motivé leur exécution. À côté des noms, on a souligné *taghout, renégat, harki, hostile.*

La tuerie dure depuis deux ans déjà. Après les « sbires » du Pouvoir, leurs collaborateurs et les récalcitrants, la barbarie déploie ses tentacules un peu partout. Des fellahs, des instituteurs, des bergers, des veilleurs de nuit, des enfants sont exécutés avec une rare bestialité. Les gens commencent à trouver de moins en moins de témérité rocambolesque aux agissements des islamistes. On s'aperçoit que ce sont toujours les misérables que l'on tue, que plus personne n'est vraiment à l'abri. Des fillettes sont enlevées, violées et dépecées dans les bois. Des garçons sont recrutés par la force, endoctrinés. Les boutiquiers sont rackettés. Les oisifs sont enrôlés à leur insu. Ils deviennent d'abord guetteurs, puis receleurs, enfin sans crier gare, ils se réveillent avec un fusil dans les bras. Le temps de réaliser ce qui leur arrive, trop tard : leur doigt a déjà appuyé sur la détente.

Kada Hilal respire. Tej Osmane avait raison. Au début, quand il s'est vu à la tête d'une trentaine de volontaires dont la moitié s'était évanouie dès les premiers accrochages avec les forces de sécurité, il a été sur le point de déposer les armes et de s'enfuir vers un pays étranger. Mais Tej veillait au grain. Les pertes ne le faisaient ni fléchir, ni reculer. Il disait : « Ne désespère surtout pas, mon cher émir. Nos recrues sont légion. Elles nous attendent au pied des murs, au fond des cafés, dans le désarroi et le dégoût. Il suffit d'un signe pour les mobiliser. Quand bien même elles ne croiraient pas en notre idéologie, lorsqu'elles prendront conscience du danger qu'elles représentent, du butin à ramasser, lorsqu'elles se rendront compte que la vie, les biens des autres leur appartiennent, chacune d'elles se découvrira l'envergure d'un petit dieu... La misère ne croit pas aux havres de paix. Enlève-lui sa laisse, et tu la verras se ruer sur le bonheur des autres. Si tu veux miser sur un monstre qui dure, choisis-le parmi les plus démunis. D'un coup, il rêvera d'un empire jalonné d'abattoirs et de putains et, dès lors, s'il disposait d'une paire d'ailes, il voudrait supplanter Satan. »

19

— Tu devrais essayer de récupérer ton frère, dit Dactylo à Mourad. C'était un garçon tranquille. Sa place est parmi les siens.

Mourad hausse les épaules.

— Je ne peux rien pour lui. Je ne sais pas ce qu'*ils* lui ont fait rentrer dans le crâne. Il est persuadé d'être du bon côté.

Lyès le ferronnier roule une cigarette, la tapote contre son genou et l'allume avec un briquet. La fumée se suspend dans l'air, incapable de rejoindre le plafond à cause de la chaleur. Il se lève, marche de la fenêtre à la porte, l'esprit ailleurs. Cela fait deux heures qu'ils discutent dans la maison de l'écrivain public, et sa tête commence à le faire souffrir.

— Boudjema a toujours été une girouette, raconte Mourad dépité. La moindre brise le fait changer de cap. Depuis qu'il a rejoint le maquis, mon père ne se montre plus dans la rue.

— Tu as encore un soupçon d'influence sur lui.

— Plus maintenant. La gendarmerie le recherche...

— Je ne comprends plus rien, se fâche Lyès. Quelqu'un peut-il m'expliquer ce qui se passe ? Si c'est ça, la religion, eh bien, je n'en veux pas. Si le jihad autorise qu'un nourrisson soit égorgé, je ne suis pas preneur. Chaque nuit, je me dis : « Tu vas voir, c'est un mauvais rêve. Demain, tu vas te réveiller. » Et le matin, je n'ai pas fini de me frotter les yeux que déjà un voisin est assassiné. Je veux comprendre ce qui se passe, bordel !

— Comprendre quoi ? lui demande Dactylo. C'est pourtant clair.

— Qu'est-ce qui est clair ? La nuit des temps, la barbarie, cette saloperie de guerre tordue ? Pourquoi les imams font-ils la sourde oreille ? Pourquoi tout le monde croise-t-il les bras ? Ce n'est pas en tournant le dos à la tragédie qu'on a des chances de l'arrêter. C'est ça, la religion ?

— La religion n'a rien à y voir, dit Dactylo. Diversion, mon cher. Depuis le début. Le problème est ailleurs. On a pris le peuple et on l'a écartelé, comme ça, dans le tas. On a dit aux uns « voilà les *taghout* », aux autres « voici les terroristes », et on s'est retiré pour les voir s'entre-déchirer.

— Mais pourquoi ?

— Pour avoir les mains libres. Il s'agit de grosses galettes, de pactole, d'investissements...

Ils se taisent brusquement. Une ombre vient de remuer dans le patio.

— Ce n'est que moi, glapit Zane en montrant la tête dans l'embrasure.

— On frappe avant d'entrer, dit Dactylo mal à l'aise.

— La porte était ouverte.

— Elle était fermée.

— Puisque je te dis qu'elle était ouverte. Je ne suis pas un spectre pour traverser les murs.

Les trois hommes dévisagent le nain emmitouflé dans un kamis grotesque.

— Qu'est-ce que tu veux ?

— Je flânais dans les parages. J'espère que je ne vous dérange pas.

— Mais non, idiot, lui fait Mourad.

Zane extirpe une bouteille de Ricard, la brandit triomphalement :

— Je ne suis pas venu les mains vides.

— C'est la première fois que tu arrives à cacher quelque chose, ironise Lyès. D'habitude, c'est toi qui te caches derrière.

— Ça prouve que je commence à prendre de l'envergure.

Mourad lui arrache la bouteille, remplit rapidement les verres qui traînaient sur la table au milieu d'assiettes souillées et de mégots.

— Je croyais que tu t'étais rangé, reprend Lyès soupçonneux.

Zane lâche un soupir à la manière d'un instituteur qui ne parvient pas à inculquer la leçon à son élève :

— Hé ! nous vivons une époque terrible. Tout le monde parle de Dieu et personne ne sait de quel dieu il s'agit.

— On ne te voit plus le soir, continue Lyès. Tu ne retrouves plus ton chemin dans le noir ?

Les indiscrétions du ferronnier commencent à l'agacer, mais Zane garde son calme. Il dit :

— Les nains ne sont pas hermaphrodites.

— Dois-je comprendre que tu découches ?
— On est en démocratie.
— Une naine ?
— Une veuve bâtie comme une armoire à glace, avec des nichons de quoi approvisionner l'ensemble des fromageries de l'Oranie.
— Tu la montes comment ?
— Des fois, je grimpe sur un tabouret comme tu me l'as enseigné, des fois, c'est elle qui me monte.
— Et tu arrives à la chatouiller.
— C'est que, vois-tu ? ce que j'ai perdu en vertical, je l'ai récupéré en horizontal.
— C'est vrai : tu as de grands pieds.

La figure de Zane s'empourpre. Des spasmes effrénés se déclenchent sur ses pommettes. Longtemps, son regard reste planté dans celui du ferronnier. Il lui dit d'un ton glacial :

— Lyès, mon ami, c'est fou comme tu es imprudent.

Dactylo ne touche pas à son verre, signifiant à l'intrus qu'il n'est pas le bienvenu. Il s'enfonce dans sa chaise rembourrée, garde le nez entre ses mains jointes et refuse de s'intéresser au nain. Dehors, un âne se met à brailler.

Lyès repousse son verre à son tour :
— Il est peut-être empoisonné.

Zane toise l'écrivain public, ensuite le ferronnier, ramasse sa bouteille en grognant et s'en va sans se retourner. Lyès a dû couper à travers champs pour le rattraper sur la berge de la rivière.

— Je n'ai pas fini avec toi, demi-coït. Qu'est-ce

que tu voulais dire, tout à l'heure, avec cette histoire d'imprudence ?

Zane pivote sur ses talons, remonte le talus. Lyès le retient par le bras, l'attire violemment.

— Tu dois t'expliquer, microbe.

— Je n'ai rien à te dire. Quand tu cesseras de me provoquer...

— Non, ce n'est pas ça. Je te trouve bizarre, ces derniers temps. Je suis certain que ce n'est pas une veuve que tu rejoins la nuit. Je me trompe ? Dis, est-ce que je me trompe ?... Et pourtant, c'est ce que je souhaite le plus au monde : me tromper sur ton compte. Ne te détourne pas quand je te parle. Dis-moi que tu n'as rien à voir avec ce qui se passe dans le village...

— Hé là, proteste énergiquement le nain, attention à ce que tu dis. Tu veux me coller une étiquette ou quoi ? J'ai rien à voir avec des assassins, moi.

— Ce serait horrible, Zane, horrible. Il n'y a aucune différence entre celui qui désigne la victime et celui qui l'exécute. Fais gaffe, petit bonhomme. Ne te laisse pas appâter. Il s'agit de vies d'hommes. C'est pas rien, attention.

Le nain tournoie sur lui-même, scandalisé, fracasse sa bouteille sur un rocher :

— Qu'est-ce que tu racontes ? Tu me prends pour un débile. J'avais des amis parmi les morts, figure-toi. Je les chérissais autant que Mourad, Boudjema et toi.

— Alors dis-moi de qui tu as hérité cet argent que tu jettes par les fenêtres.

— Tu as des visions, Lyès.

— Et le lot de terrains que tu as acheté au menuisier ?
— Tu m'espionnes ou quoi ?
— Je veille sur toi.
— Si je comprends bien, pour toi, les nains n'ont pas le droit de disposer d'un toit, de se marier, de vivre normalement...
— Ce qui t'arrive n'est pas normal. Tu es tout le temps soit au café, soit dans la mosquée, et tu as les poches pleines de fric...
— Tu es jaloux de mon aubaine, si tu veux mon avis.
— Ton aubaine m'intrigue.

Zane se dégage tel un ressort. Il enfonce un doigt dans la poitrine du ferronnier, le visage livide, les yeux éclatés et les lèvres salivantes.

— Tu veux savoir ce que je fais de mes nuits, Lyès le ferronnier ? Eh bien, je vais te le dire : stu-pé-fiants !... Satisfait ? Je revends de la came... Et maintenant, va te faire foutre. Je suis assez grand pour mener ma barque comme je l'entends. Et je n'ai de comptes à rendre à personne.

Sur ce, il crache de côté et regagne le village.

La même nuit, Lyès est enlevé. Son corps ne sera jamais retrouvé.

IV

20

Rabah, le frère aîné de Belkacem le boulanger, entasse les derniers balluchons sur la camionnette. À chaque fois qu'il rentre dans la maison, il met un peu plus de temps à en ressortir. Il s'attarde tantôt dans une pièce, tantôt devant le citronnier, malheureux, il s'empare d'une chaise ou d'un paquet et regagne le véhicule.

Les voisins l'observent en silence du trottoir d'en face. Des enfants ont essaimé au bout de la ruelle, les uns accroupis, les autres juchés sur des arbres martyrisés.

Rabah s'éponge la figure dans un pan de son turban. Son bras tremble. Il fixe le ciel, le faîte de la colline, les champs, et pas une fois il ne s'est retourné vers les hommes. Son frère le boulanger a été assassiné à l'intérieur de la mosquée. Lui-même a échappé miraculeusement à un attentat. Maintenant qu'on a poussé la lâcheté jusqu'à lui adresser des lettres de menaces, il a décidé de s'en aller et de ne plus remettre les pieds dans le village qui l'a vu naître et vieillir et dans lequel il ne se reconnaît plus.

Engoncé dans un costume flambant neuf, Zane le nain se pavane devant la camionnette. Il a fait exprès de ne pas enlever les étiquettes de ses lunettes de soleil afin de prouver leur authenticité. Depuis quelque temps, il ne se gêne plus pour étaler au grand jour les armoiries de sa réussite. À l'aide d'un mouchoir en soie, il astique le cuir de ses souliers, tourne le pied vers le soleil, le fait scintiller, puis, les pouces sous les bretelles, il tire dessus avec désinvolture.

— Tu as bien regardé, lance-t-il à Rabah, tu n'as rien oublié. Est-ce que je peux prendre possession de *ma* maison, maintenant ? Mon tailleur m'a recommandé de ne pas trop exposer mon costume à la lumière, tu comprends ?

Rabah regarde une dernière fois la maison de ses ancêtres, l'abreuvoir dans lequel il se baignait enfant, se retourne vers les vieilleries amoncelées sur la camionnette. Une larme perle à ses paupières. Il l'efface d'un geste fulgurant, grimpe dans la cabine et prie le chauffeur de démarrer. La camionnette se secoue dans un tintamarre grinçant, se fraie un passage dans la foule, rapidement pourchassée par une meute de mioches piaillants.

Zane esquisse un geste d'adieu en direction de la poussière, le sourire d'une oreille à l'autre.

— Il faudra goudronner la ruelle par ici, fait-il, sinon la rocaille va m'abîmer les semelles.

Devant le silence des vieillards, il rajuste sa cravate et ajoute, corrosif :

— Je m'en vais retaper la baraque de fond en comble. Je mettrai de la pierre taillée sur les façades, des tuiles vertes par-dessus le portillon, un *carillon parleur* dans l'embrasure, comme ça, quand on sonnera, je n'aurai pas besoin de me déranger. Je demande qui est là dans le micro et, si c'est un copain, j'appuie sur le bouton et la porte s'ouvre automatiquement. Comme chez les nababs de la ville. Je mettrai aussi un lampadaire en fer forgé dans la cour, un arrosoir rotatif dans le jardin, des balustrades autour de la véranda...

Les gens se retirent, les uns après les autres, écœurés par l'impudence volubile du nain. Haj Menouar s'éloigne de son côté, le pas accablé, la figure écarlate d'indignation.

— Ce douar finira par ressembler à un chenil, marmonne-t-il. Zane, ce bout d'insignifiance, propriétaire ! J'aurais dû mourir il y a cent ans.

Il traverse la place vide. Une poignée de paysans se faisande sur la terrasse du café, le poing dans la joue, l'œil quasiment révulsé. Les jeux ayant été formellement interdits par les intégristes, les amateurs de dominos ne savent comment s'occuper. Du matin à la nuit tombée, ils bâillent à se fissurer les tempes, si déconcertés qu'ils ne conversent même plus.

Une voiture s'arrête devant Haj Menouar. Issa Osmane met pied à terre, altier dans son burnous étincelant d'apprêt, distribue des taloches sur le devant de sa robe et passe les doigts sous son turban :

— Je te cherchais, Sy Menouar.

— Ah...

— On m'a dit que tu étais souffrant.

— Simple caprice de vieillard, avoue Haj Menouar. C'est le seul subterfuge qui nous reste pour attendrir nos rejetons... Tu me cherchais à propos de quoi ?

Issa Osmane regarde autour de lui.

— Pas ici. Viens dans ma voiture.

Haj Menouar hésite devant la portière ouverte pour lui.

— Ce ne sera pas long, l'encourage l'ancien factotum. C'est très important.

À contrecœur, le vieillard cède. Issa Osmane pousse sa voiture vers la sortie du village, longe la rivière et se dirige vers la ferme des Xavier.

— Tu te rappelles ? s'exclame-t-il. Elle était imposante, la ferme des Xavier. Purée ! Les fêtes qu'on y organisait, les officiers dans leurs uniformes de jeunes dieux, les caïds semblables à des sultans, et les femmes, ah les femmes ! jolies comme ce n'est plus possible. Tu te souviens des vignes qui n'en finissaient pas de se ramifier à travers la vallée, des pluies qui nous obéissaient au doigt et à l'œil, des récoltes qui dépassaient les plus optimistes des prévisions ? C'était le bon vieux temps, Haj. Sur ton honneur, n'était-ce pas le paradis ?

— Je ne me souviens de rien, moi.

— C'est vrai : les ingrats n'ont pas de mémoire. Mais moi, je me souviens de tout... Les Xavier partis, ils ont emporté dans leurs bagages l'âme de la vallée, le culte du travail, la solennité des fêtes, et les pluies aussi. C'est drôle, même les rivières ont tari. Ils nous ont laissé un empire, nous en avons fait un dépotoir. Et regarde ce qu'est devenue la ferme la plus prestigieuse de la région : une ruine. Et les vergers, des terrains vagues. Et les forêts où l'on pique-niquait, des jungles mortelles...

— Que veux-tu de moi, Issa ?

— J'ai racheté la ferme du temps où Smaïl Ich gérait la mairie. J'ai la ferme intention de la ressusciter. Je replanterai des vignes...

— Que veux-tu de moi, à la fin ?

Issa range sa voiture sous un arbre, défait son turban, le jette sur la banquette arrière. Ses yeux s'immobilisent dans sa tête ovoïde :

— Maurice est en danger...

Haj Menouar rit silencieusement.

Issa insiste :

— C'est la vérité. Mon fils Tej a tout fait pour l'épargner, seulement, cette fois, les ordres viennent d'en haut et il n'y peut rien.

— Attends, attends, s'énerve le vieillard, qu'essaies-tu de me dire ?

— Dans quel monde vis-tu, Sy Menouar ? Les étrangers sont déclarés indésirables. Ceux qui refusent de quitter le pays sont liquidés.

Haj Menouar scrute son interlocuteur, incrédule, cherche la trace d'une quelconque plaisanterie de mauvais goût dans la toile de rides qui fausse les traits. Le visage d'Issa est consternant.

— Je ne te suis pas.

— Maurice est un étranger.

— Et depuis quand, s'il te plaît ? Son grand-père est né ici. Sa famille habitait la vallée bien avant bon nombre d'entre nous. Ce que tu avances est absurde.

— Absurde peut-être, mais vrai. Son nom est porté sur la liste noire.

— Tu as vérifié ? Il s'agit bien de son nom, de son nom vrai, de son nom à lui ?

— Je te répète que, s'il est encore de ce monde, c'est grâce à mon fils. J'ai choisi de m'adresser à toi parce que tu es son meilleur ami. Tu dois l'avertir, l'obliger à s'en aller le plus tôt possible.

— Il ne voudra jamais s'en aller.

— Il le faut, pourtant.

— Où veux-tu qu'il aille ?

— En France.

— Il ne sait plus où c'est.

— Alors qu'il parte à Oran ou ailleurs, là où il n'est pas connu. Je suis prêt à l'aider. Non, je ne le laisserai pas tomber. Il a été correct avec moi, et je ne l'oublierai jamais. Depuis que j'ai appris le danger qui le guette, je ne ferme plus l'œil ni le jour ni la nuit.

— Attends, attends, pas trop vite. Cette histoire ne me rentre pas dans la tête. Personne n'oserait porter la main sur Maurice. C'est impensable. Je ne te crois pas.

Issa cogne sur le volant :

— Tu n'as pas le droit de prendre les choses à la légère. Si tu as de l'affection pour ce pauvre bougre, dépêche-toi de mettre sa gorge à l'abri. Beaucoup d'Algériens d'origine étrangère ont été assassinés. Eux aussi ne prenaient pas les choses au sérieux. Ils se considéraient comme des autochtones au même titre que les *indigènes*. Résultat : ils n'ont pas eu le temps de le prouver. Même des Arabes et des Africains ont été liquidés. Nous sommes la nation la plus raciste qui soit. De simples touristes, de simples transitaires l'ont appris à leurs dépens.

— Je refuse de te croire.

— Tu es libre de me croire ou de ne pas me croire, mais, de grâce, ne le fais pas au détriment de quelqu'un d'autre. Maurice doit se tailler d'ici. Je sais qu'il n'a pas suffisamment d'argent pour s'installer ailleurs. C'est pourquoi je me propose d'acheter sa maison. Son prix sera le mien. Il faut agir vite.

— Non, fait Haj Menouar en secouant énergiquement le menton, nous ne sommes pas plus racistes que les autres.

— Ça ne sert à rien de se voiler la face, Sy Menouar. La vérité est là. Refuser de l'admettre n'y change pas grand-chose, hélas ! Je suis révolté, moi aussi, terrifié...

— Tais-toi ! Pour l'amour de Dieu, tais-toi.

Haj Menouar descend de la voiture et regagne le village en gesticulant comme un possédé.

Issa reprend son turban, l'enroule soigneusement autour de sa tête, se contemple dans le rétroviseur. Séduit par son reflet, il lui cligne de l'œil et lui dit :

— Tu n'as pas plus de cœur qu'un scorpion, Issa la Honte. Je me demande comment cette glace arrive à contenir ton ignominie sans exploser.

— Il ne veut rien entendre, annonce Haj Menouar la mort dans l'âme.

Un ressac d'émoi remue les Anciens rassemblés dans la cour. Ils se consultent du regard, désorientés, se frappent dans les mains. D'autres gens attendent dans la rue, sous le soleil. Ils sont là depuis le matin, traquant l'ombre fuyante des palissades. Dactylo se tient à distance, en compagnie de Jafer, à considérer les mines déconfites de ce ramassis de vieillards venus plus pour s'attendrir sur leur sort que sur celui de leur ami.

— Il faut faire quelque chose, s'impatiente Issa Osmane au fond de sa voiture.

— Quoi ? lui réplique-t-on. Le chasser de chez lui à coups de pied ?

— C'est mieux que de se croiser les bras, intervient Zane. Sy Issa a parfaitement raison. Maurice est une tête de mule, mais s'il lui arrivait malheur, les villages alentour nous tiendraient pour responsables.

— Laissez-moi lui parler, se propose le fils de Sidi Saïm.

Le groupe qui se bouscule devant l'entrée du patio recule respectueusement pour le laisser passer.

— Tu n'arriveras à rien avec lui, l'avertit Haj Menouar. Maurice s'est replié sur lui-même.

— Je comprends, mais il m'écoutera.

Le fils de Sidi Saïm pénètre dans la pièce obscure aux fenêtres closes. Haj Maurice est tassé sur sa chaise en osier, face au mur. On voit juste ses épaules et une partie de sa nuque. Il dort du sommeil du juste.

— C'est sa façon à lui de bouder, explique Haj Menouar. S'il a décidé de ne pas m'écouter, il n'écoutera personne d'autre.

— Il a raison de nous renier. C'est, c'est...

Le fils de Sidi Saïm ne trouve pas ses mots. Il dodeline de la tête et se retire, outré.

— Dans quel monde vivons-nous à la fin ? s'insurge Dactylo. Comment peut-on tolérer ça ?

— Absolument, renchérit Zane faussement révolté. Comment peut-on tolérer ça ? Nos proches et nos amis se font dépecer, et nous ne bougeons pas le petit doigt. Une poignée de voyous nous impose ses lois alors qu'il nous suffit de froncer les sourcils pour la faire déguerpir.

Les Anciens enfoncent le cou dans leurs épaules. Dactylo donne un coup de pied dans une boîte de conserve et s'en va, Jafer à ses trousses.

— Et si on le cachait chez toi, suggère Zane en trottant derrière eux. Les islamistes n'y verraient que du feu.

— Islamistes, mon œil. Ils n'ont pas plus de moralité qu'une bande de hyènes. On n'est pas dupes, va. Maurice, étranger ? Depuis quand, tiens ? Depuis que sa maison est convoitée...

Zane renonce à les rattraper. Son faciès rutile d'une satisfaction effarante. Il attend tranquillement de les voir disparaître au coin de la rue et retourne parmi les Anciens en se frottant les mains.

La nuit est peuplée de stridulations. Ghachimat retient son souffle. Ghachimat retient toujours son souffle quand ses réverbères s'éteignent. Cela signifie que quelqu'un va mourir. Derrière les fenêtres, le cœur s'affole. Pas un bruit dans les ruelles, pas une silhouette... Vers une heure du matin, deux fourgons surgissent de la forêt, traversent le village, font le tour de la place et s'immobilisent, l'un face au garage de Tej Osmane, l'autre un peu plus bas pour faire le guet.

Des portières claquent. Des ombres se déploient dans la venelle et cernent la maison de Haj Maurice.

Du haut de son minaret, le muezzin observe la scène, la gorge aride. Aux claquements des portières, ses genoux vacillent et il se retranche derrière le haut-parleur, le doigt dirigé vers le ciel dans une prière.

Haj Menouar se montre sur le pas de sa porte, un gourdin dans la main.

— Rentre chez toi, lui ordonne un homme masqué en actionnant la culasse de son fusil.

Le gourdin lui échappe, roule sourdement sur le perron ; Haj Menouar recule devant le canon et disparaît.

Youcef constate que la porte du patio numéro 24 n'est pas fermée à clef. Il la pousse précautionneusement en se tenant sur le côté. La courette est déserte. Deux hommes l'investissent, le fusil en alerte. Les chambres sont vides. Le lit du vieillard n'est pas défait.

— Il est parti, le chien, glapit Zane en glissant subrepticement dans sa poche une montre oubliée sur la table de chevet.

— Il n'y a jamais eu de chien dans cette maison, lâche une voix empâtée derrière eux.

Haj Maurice est là, tassé sur sa chaise en osier, dans le noir au fond du patio. Zane gratte une allumette pour le situer. Dans les reflets de la flamme, sa figure en sueur effraie. Youcef trouve le commutateur à tâtons et allume dans la cour. Haj Maurice paraît décontracté dans sa vaste robe blanche. Sa main agite faiblement un éventail.

— Il n'est pas parti, exulte Zane.

Youcef brandit un sabre :

— Eh bien, tant pis pour lui.

Boudjema le retient par le bras :

— Une balle dans la nuque fera l'affaire.

Youcef le repousse brutalement.

— C'est moi qui commande, ici.

— Ici, c'est chez moi, rappelle le vieillard. Et vous n'y êtes pas les bienvenus.

— On va se gêner, rétorque Zane. Le colonialisme est fini. Malheur aux traînards.

Quatre hommes se jettent sur Haj Maurice, le renversent avec son siège. Boudjema sort dans la rue pour ne pas assister à la boucherie.

— Ôtez-lui la robe, glousse Zane. Tranche-lui le cou... Je veux le voir se débattre comme un vieux porc bien engraissé... Putain ! Visez-moi ce sang. C'était pas une bête finalement, c'est une vraie citerne...

Boudjema s'appuie contre le mur, tremblant de la tête aux pieds, et laisse son regard tournoyer autour de la lune tel un papillon autour d'un cierge.

21

Enfant, Tej Osmane venait souvent s'asseoir devant le garage où il allait apprendre, plus tard, le métier de mécanicien. Mais ce n'était pas encore pour s'initier au fonctionnement des moteurs. La figure dans les mains, il préférait contempler la « villa » d'en face. Parfois, le temps d'une entrée ou d'une sortie, la porte lui laissait entrevoir une partie du jardin bigarré de fleurs éclatantes que l'instituteur français entretenait avec dévotion. Il ne se souvenait pas d'avoir joué dans un jardin. Chez lui, dans le vieux taudis insalubre où sa famille végétait, il y avait juste un semblant de potager où son père cultivait de la pomme de terre et des oignons que personne ne lui achetait au marché et qu'il devait manger tous les jours pour pouvoir mettre un peu d'argent de côté à toutes fins utiles. Tej ne se permettait même pas de gambader avec les garçons de son âge dans les vergers ou bien sur la place. On ne voulait de lui nulle part. Souvent on le chassait à coups de pierres et de mots orduriers. Aussi venait-il s'oublier en face du patio numéro 24. C'est à cet âge-là, croit-il, qu'il s'est mis à rêver d'un jardin pour lui tout seul où il pourrait se soustraire aux cruautés et aux humiliations que ses camarades lui faisaient subir. La « villa » avait été construite par le père de Maurice. Il l'avait élevée, brique par brique, comme s'il s'agissait d'une stèle. Elle était coquette, absolument différente des autres maisons du village, avec sa façade incrustée de pierres bleues, son toit en ardoise et son fronton délicat.

Maintenant, son rêve s'est réalisé. La maison de Haj Maurice est à lui. *À lui tout seul.*

Dressé en haut du djebel el-Khouf, Tej Osmane domine le monde. La vallée étale à ses pieds l'offrande de ses collines et de ses rivières, ses vergers et ses champs, et ses horizons grisonnants. Tej est persuadé qu'il lui suffit de tendre la main pour les cueillir tous en même temps. Mais ce n'est ni la maison de Maurice, ni la vue sur la vallée qui font rayonner son visage. Tej a l'intime conviction que sa patience commence enfin à donner ses fruits : le commandement zonal du GIA vient de le nommer émir. Il régnera sans partage sur l'ensemble de la région.

Kada Hilal a été démis de ses fonctions. Prosateur zélé, plus préoccupé par ses tournures de phrases que par le revirement des situations militaires, le preux « Afghan » s'est avéré aussi mauvais guerrier que médiocre meneur d'hommes. Devant la mollesse de ses initiatives — dénoncée dans un rapport anonyme — un émissaire a été dépêché pour mesurer la faille dans le dispositif du jihad. Kada l'a accueilli avec des égards exagérés, l'a assommé de péroraisons fastidieuses. Durant le séjour de l'émissaire, Tej s'est abstenu du moindre coup d'éclat pour corroborer les reproches contenus dans le rapport... Une semaine plus tard, Kada Hilal est relevé.

— C'est sûrement une promotion, lui dit Tej.

Mégalomane, l'« Afghan » le crut. Il promit même de le parrainer auprès du Mejless[1].

Avant de prendre congé, Kada tint à s'adresser à ses moudjahidin et à leur baiser la tête comme l'avait fait cheikh Abbas le jour de son départ pour l'Afghanistan.

— Je ne te laisserai pas partir comme ça, lui dit Tej. Je t'ai fait une promesse et je vais la tenir.

Kada a accepté de rester quelques jours de plus dans la *katiba*. Du matin au soir, à l'ombre d'une tente, il réunit un groupe d'ouailles et donne libre cours à ses fabulations.

Tej rira longuement de ce prophète d'opérette qui n'aura été qu'un vulgaire pion sur l'échiquier de ses ambitions et qui n'échappera pas au sort que l'on réserve aux choses dont on a puisé toute la substance.

— Voilà que tu souris aux anges, Tej, le surprend Youcef.

— Émir Tej Ed-Dine !

— Pardon, émir Tej Ed-Dine... Vois-tu venir le grand jour à l'horizon ?

— Il ne faut pas voir venir les jours, il faut aller vers eux, il faut les conquérir, les apprivoiser. Ce sont les hommes qui font et défont le destin, qui bâtissent l'Histoire à leur juste mesure. (Il passe ses doigts dans ses longs cheveux, plisse les yeux comme pour déce-

---

1. Assemblée consultative, chez les intégristes.

ler quelque chose dans le lointain.) Tout à l'heure, en fixant la vallée, j'ai eu une vision.

— Heureuse, j'espère.

— Je déteste ce mot, s'énerve subitement Tej. C'est quoi l'espoir ? C'est quoi espérer ?

— J'ai dit ça comme ça.

— Ce n'est pas bien. On ne doit pas dire n'importe quoi *comme ça*. Surtout lorsqu'on est en passe de remporter un défi.

Youcef est un tantinet désarçonné par la sortie du nouvel émir de la *katiba*. Est-ce une prise en main ? Il baisse la tête et entreprend de tripoter le cran de sûreté de son arme. Tej retrouve rapidement son calme. Il lisse sa barbe d'un geste mystique, laisse de nouveau son regard planer au-dessus de la vallée et dit d'un ton conciliant :

— Espérer suppose qu'on attende que le miracle se produise, Youcef. Et les miracles se provoquent. Ne sait pas attendre celui qui *veut* vraiment arriver. Le temps n'attend pas. Il n'accorde ses faveurs qu'aux coureurs increvables. Dans le marathon que nous imposent les *taghout* — puisqu'il s'agit d'une guerre d'usure —, chacune de nos foulées doit être négociée avec un maximum de rigueur et de calcul. On ne doit rien confier au hasard. Si le hasard sait bien faire les choses, il n'a pas de suite dans les idées. Seuls les coureurs increvables en ont. C'est pourquoi ils parviennent à renverser la vapeur, à prendre le monde au dépourvu. C'est vrai qu'on a, parfois, besoin d'un coup de pouce providentiel. Mais la providence ne prête qu'aux opportunistes perspicaces. La chance est une comète qu'il faut, sinon traquer, du moins intercepter. Si elle nous passe sous le nez, nous perdons la face pour l'éternité.

— Nous lui tenons déjà un bout de la queue. Le pays est à genoux. Il ne nous reste qu'à lui porter l'estocade. Crois-tu notre épée assez longue pour l'atteindre au cœur ?

— En doutes-tu ?

— Alors, qu'est-ce qu'on attend ?

— Nous n'attendons pas. Nous nous inspirons de ses derniers spasmes d'agonie. Il ne s'agit pas de l'achever, Youcef, mais de le châtier, de le traîner dans la boue pour mieux l'assujettir. Le meilleur esclave est celui que l'on conquiert. Celui que l'on achète ou que l'on reçoit en présent n'est pas digne de confiance ; quelque part il contestera toujours notre autorité sur lui.

Il crispe le poing, le fait vibrer et le brandit à la face du monde :

— Tout est là-dedans, Youcef. Tout le secret de l'univers est contenu dans cette étreinte. Qu'un seul doigt se relâche, et le monde entier nous échappe.

Malgré l'heure tardive, Ghachimat n'a pas éteint toutes ses lumières. On entend chahuter les enfants dans les maisons. Le cliquetis des ustensiles de cuisine résonne par endroits. La lune est pleine et on peut voir jusqu'au fond des portes cochères. Une bande de chiens farfouille dans les tas d'ordures amoncelés dans les ruelles désertes. Quelques bêtes cessent subitement de renifler les détritus, dressent l'oreille puis, les unes après les autres, battent en retraite vers la rivière, vite rattrapées par deux tracteurs et une camionnette chargés d'individus barbus et déguenillés.

Alertées par le vrombissement des moteurs, des ombres s'encadrent dans les fenêtres et se dépêchent de rabattre les volets. En un tour de main, le village s'entoile d'obscurité.

Les trois engins investissent la place du village. Tej Osmane met pied à terre, fait signe à ses hommes de se déployer autour de lui. Une cinquantaine de terroristes armés de fusils et de sabres se scinde en deux groupes. Le premier se dirige sur la résidence du maire, Tej en tête. Le deuxième, commandé par Youcef, contourne silencieusement la mosquée et marche sur la maison des Sidhom où Zane, perché sur un rocher, surveille les parages tel un rapace à l'affût.

La mère de Allal finit de prier. Agenouillée sur la natte, elle marmotte des versets. Ses deux filles bavardent dans un coin en feuilletant un vieux magazine.

— On frappe à la porte, dit l'une.

L'autre consulte le réveil sur la commode.

— Qui ça peut être ?

La mère se signe, se relève, enroule la natte et la range sur le banc matelassé.

— Je vais voir.

— Non, dit la fille inquiète.

— De toute façon, si on nous veut du mal, je ne vois pas comment on peut l'éviter. La porte ne résisterait pas.

La mère sort dans la cour.

— Qui est là ?

— Zane, tante Aïcha. C'est Allal qui vous envoie un peu d'argent.

— Glisse-le sous la porte.
— Je ne peux pas. Il y a aussi un paquet pour vous.

Les deux filles rejoignent leur mère dans le patio. Livides. Elles se tiennent frileusement par la taille. La mère hésite, puis tire le loquet. Zane sourit avant de lui montrer le plat de ses mains.

— Je t'ai eue, la vieille. J'ai rien pour toi. Mais mes amis, si.

Youcef le bouscule, saisit la vieille femme par les cheveux et la renverse par terre. Sans lui laisser le temps de comprendre ce qui lui arrive, il brandit son sabre et la décapite.

De l'autre côté du village, un tracteur manœuvre en marche arrière, défonce le portail de la résidence du maire, accueilli par des coups de feu tirés du premier étage. Un assaillant est touché. Il s'écroule dans un juron obscène. Les pistolets mitrailleurs crépitent en direction de la fenêtre, faisant voler les vitres en éclats. Le tracteur dévaste le jardin et fonce sur la porte de la maison. Tej enjambe un petit mur pour passer derrière l'habitation, lance une grenade artisanale à l'intérieur d'une pièce. Un geyser de flammes et de poussière gicle par la lucarne. Une dizaine de terroristes en profitent pour escalader la terrasse, font sauter une porte-fenêtre et s'engouffrent dans la maison. Des rafales s'invectivent, avivant les hurlements des femmes et des enfants, puis le maire s'affaisse, touché à l'épaule et aux membres inférieurs. Il tente de ramper vers son fusil. Smaïl Ich l'en empêche en lui écrasant la nuque sous son pied.

— Ton héroïsme s'arrête là, fils de pute. Tu as tiré ton coup. À notre tour, maintenant.

Les terroristes se ruent vers le rez-de-chaussée où se sont rassemblés les femmes et les enfants. La mère du maire, aveugle, essaye de calmer les siens, les deux bras tendus au hasard dans le vide. Tej lui tire une balle dans la tête, d'un geste désinvolte, sans même la regarder. La vieille femme se décroche comme une tenture, arrosant le sol de son sang. Sarah tente de protéger ses jeunes frères en les serrant contre elle. Tej la saisit par la gorge et la fait sortir dans la cour.

— Regarde ta famille, dit Smaïl au maire. On dit qu'il n'y a pas pire malheur que de survivre à ses enfants. Eh bien, cette nuit, tu vas connaître mieux que ça. Tu vas assister à leur mort. Nous allons les égorger sous tes yeux, les uns après les autres, ensuite nous sodomiserons ta femme, puis nous lui crèverons les yeux, lui arracherons les doigts et la peau du dos, lui découperons les seins et nous l'écartèlerons avec une scie à métaux. Et quand nous en aurons fini avec les tiens, j'aspergerai personnellement ton corps d'essence et te flamberai avec joie. Tu as voulu jouer avec le feu. Je t'apporte celui de l'enfer.

Et il renverse la tête dans un rire épouvantable.

Youcef et son groupe se retirent de la maison des Sidhom et rejoignent celui de Tej autour de la résidence du maire. Zane attend de les voir disparaître derrière la mosquée pour retourner dans le patio inondé de sang. Il enjambe le corps dépecé de la vieille Aïcha, s'accroupit devant le cadavre des deux filles, retrousse la robe de l'une et entreprend de se défaire de son pantalon.

22

Jamais le cimetière de Ghachimat n'a connu une telle affluence depuis le déclenchement des hostilités. Une foule inattendue a tenu à accompagner les victimes à leur dernière demeure. Les gens sont venus de partout, de Moulay Naïm aux hameaux les plus reculés de la région, la bouche lourde de colère et d'écœurement. Les autorités administratives entourent un Allal Sidhom livide, mais digne. Les onze corps sont alignés devant leurs fosses, recouverts de draps. Il a fallu la mobilisation de tous les hommes valides pour retirer de sous les décombres les huit cadavres carbonisés de la famille du maire : un homme, deux femmes et cinq enfants dont deux en bas âge. Un chirurgien de la ville a été dépêché chez les Sidhom pour rassembler les corps mutilés de la mère et de ses deux filles.

À la foule consternée, l'imam de Moulay Naïm a dit :

— Quelqu'un peut-il me dire pourquoi ces pauvres créatures ont été sauvagement assassinées ?... Je vais vous le dire : parce que nous n'avons pas su les protéger. Par conséquent, nous sommes aussi coupables que leurs bourreaux. Nous allons confier leurs dépouilles à la terre, mais leur esprit officiera désormais dans le nôtre. Parce que nous sommes indignes de leur survivre. Nous avons opté pour la plus ignoble des attitudes. Nous nous contentons de nous attrister devant le drame le matin, et nous nous dépêchons de nous en laver les mains le soir. Et une nuit, notre tour viendra. Alors seulement nous comprendrons pourquoi une poignée de chiens terrorise une nation entière, pourquoi tous les jours des enfants, des femmes, des vieillards, des handicapés, des nourrissons doivent mourir et pourquoi d'autres enfants, d'autres femmes, d'autres survivants doivent les enterrer dans la petitesse et la honte.

Après les funérailles, Allal se retire, seul avec Jafer. Tous les deux restent debout sur une butte de terre à regarder se disperser la foule et s'éloigner les voitures dans des nuages de poussière. Les Anciens s'attardent dans l'enclos funéraire, la figure violacée, les joues tremblantes de rage et d'impuissance. Au bas de la colline, la chaleur miroite comme un marécage. Allal s'accroupit puis s'assoit sur le tertre, se prend la tête à deux mains et lance un hurlement que ni la montagne ni le lointain ne semblent en mesure de contenir.

Zane et un groupe de volontaires sont en train de laver à grande eau le patio des Sidhom. Des ruisseaux sanguinolents s'écoulent dans la rue. Avec un énorme balai, le nain s'applique à nettoyer les taches grumeleuses qui ont séché sur les dalles. En entendant arriver Allal, il cesse de frotter et lance à voix haute :

— De toutes les façons, ils ne l'emporteront pas au paradis. Un jour, nous finirons par les rattraper et nous leur ferons payer leur barbarie. S'attaquer à la pauvre Aïcha ? Si ce n'est pas malheureux. Une femme si discrète, si frêle... (puis, feignant de découvrir Allal derrière lui :) Excuse-moi, c'est plus fort que moi. Aucun homme sensé ne peut se taire devant une telle abjection. Ta mère était une sainte. Elle m'aimait bien.

Allal le remercie d'un signe et va rejoindre ses amis à l'intérieur de la maison.

— C'est de notre faute, explose Mourad. Pendant que dans les autres villages, les gens s'organisent et réclament des armes pour se défendre, nous nous contentons de jouer les saintes nitouches. Parce que la majorité des terroristes de la région sont de chez nous, nous croyons qu'ils vont nous épargner. Et voilà le résultat. Et ce n'est pas fini. Ils vont revenir massacrer d'autres voisins, d'autres cousins, d'autres malheureux.

— Absolument, approuve Houari, un petit bonhomme émacié qui a perdu deux doigts dans une menuiserie. Ces fils de chien ne reculent devant rien.

— Ils ont assassiné des nourrissons...

— Ils ont tué Dieu en eux. La seule chose qui les motive est le sang qui court dans nos veines. Ils s'attaqueraient volontiers à des encriers pour les vider de leur encre.

— Restons dans le vif du sujet, s'il vous plaît, dit Mourad. La question est posée : quand allons-nous constituer notre propre groupe d'autodéfense ?

Un silence foudroyant s'abat dans la pièce. Les yeux se détournent, les nuques ploient, les mains s'égarent sur les genoux. Quelqu'un se lève et feint de fermer la fenêtre. Un autre se propose de débarrasser les tables. Mourad l'attrape par l'épaule et l'oblige à le regarder en face :

— Il n'y a pas le feu, Tahar. Laisse les assiettes et les verres où ils sont. Ils ne risquent pas de nous péter à la figure.

Tahar est gêné. Il subit l'étreinte sur son épaule avec une colère retenue.

Mourad s'adresse aux autres.

— Qu'est-ce qu'il y a, les gars ? J'ai dit une obscénité ou est-ce vous qui perdez votre langue ?

Il repousse dédaigneusement Tahar contre le mur. Son doigt se tend, décrit un arc accusateur.

— Vous faites dans votre froc dès qu'on passe aux choses sérieuses. Vous voulez que je vous dise : vous êtes moins que des crottes, des lâches, rien que des lâches hypocrites et misérables.

— Ce n'est pas ça, proteste faiblement un jeune maçon.

— C'est quoi alors ?

— Il y a des taupes partout, Mourad. Faut pas croire que celui qui te sourit est de ton côté. Ghachimat est truffé de vipères.

— Tu as raison, approuve énergiquement Zane. On n'est pas des lâches. On n'a pas confiance, c'est tout.

Mourad martèle le sol avec son poing.

— Trop facile pour se débiner. Mais ça ne marche plus. On n'a plus le choix. Ou nous prenons les armes contre ces vandales ou c'est chacun pour soi. S'il y a des taupes — et il y en a effectivement — nous les connaissons toutes. Nous n'avons qu'à les dénoncer aux forces de l'ordre. Dératisons nos villages, les gars. Traquons les fumiers. Protégeons nos familles et nos biens, nos amis et notre dignité. Beaucoup d'entre vous sont d'accord avec moi, pensent comme moi et sont prêts à en découdre. C'est le manque de communication qui nous isole. Alors, brisons le mur du silence. Jouons cartes sur table. À Moulay Naïm, nous sommes douze à disposer de fusils de chasse. Nous nous sommes mis d'accord pour constituer notre propre groupe d'autodéfense. S'il y a des volontaires, à Ghachimat, c'est le moment de se rallier à nous. Et tout de suite. Rahal le repenti est d'accord pour nous donner un coup de main. Il a de l'expérience, connaît le terrain et il a toute ma confiance.

De nouveau, le silence revient martyriser les épaules et les nuques. Au bout d'une longue méditation, Zane s'écrie :

— Je suis volontaire.

Son enthousiasme ne détend pas l'atmosphère. Les regards se déportent sur Allal, se rétractent aussitôt. Houari toussote dans son poing pour chasser un gros caillot dans sa gorge. Il dit :

— J'ai deux vieux fusils à la maison.

— Tu m'en laisses un de côté, fait son voisin d'une voix maussade.

— Je suis avec toi, Mourad, lance un vieillard debout dans l'embrasure.

Les unes après les autres, les mains se lèvent avec plus ou moins de conviction. Mourad se met à les compter et à prier celles qui hésitaient à se prononcer.

— Douze !... Ça fait vingt-quatre en tout. C'est pas mal, et je vous félicite. Comme il faut battre le fer tant qu'il est chaud, nous allons, dès ce soir, nous réunir pour voir comment mettre sur pied notre détachement d'autodéfense. J'ai déjà parlé avec le responsable militaire de Zitoune. Il nous armera mieux et nous apportera l'aide dont nous aurons besoin. Nous ne sommes plus seuls, les gars. Nous allons débarrasser nos villages de la gangrène intégriste, je vous le promets.

Dans la pièce, brusquement, la fraîcheur de la pénombre réveille dans les dos des frissons épineux.

La mère Osmane rajuste son foulard d'un geste épuisé. À soixante-quatre ans, elle n'est plus qu'une loque au faciès fripé et au regard agonisant. Épouse d'Issa la Honte, elle a partagé ses brimades et ses peines avec une rare longanimité ; alors que le factotum rampait volontiers devant les autres, elle continuait de gérer les déconvenues de sa famille avec une fermeté insoupçonnable. La misère et la déchéance n'ont jamais réussi à la faire fléchir véritablement. Vulgaire « bonniche » exploitée et bafouée par tout le village, fantôme traînant ses guêtres et ses antécédents dans les rues hostiles de Ghachimat, il lui suffisait de rentrer chez elle pour se dédoubler et redevenir la maîtresse de son foyer. Elle exerçait sur sa progéniture une autorité inflexible. Ses ordres fusaient comme des sommations, et ses décisions étaient sans appel. Personne ne lui tenait tête à la maison. Même Tej lui obéissait au doigt et à l'œil et avait pour elle une incroyable vénération.

Les femmes qui l'employaient abusivement pour quelques malheureux dinars la détestaient. Elles lui trouvaient une sorte de dignité qui survivait à leur mépris et elles se méfiaient de son stoïcisme, opaque, inquiétant comme l'eau qui dort. La mère Osmane courbait l'échine sans donner l'impression de se rabaisser, absorbait les insultes comme un buvard les taches d'encre et lorsqu'il lui arrivait, au détour d'une humiliation, de lever les yeux sur son agresseur, le plus haineux des regards finissait par se détourner devant le sien. C'était surtout pour cette raison qu'on la détestait. La mère Osmane appartenait à cette race de pestiférés qui, même relégués au fin fond de la société, remontent constamment en surface pour hanter les esprits. Elle inspirait aux gens autant de répugnance que de peur, pareille à la vipère à laquelle tout le monde s'accordait à la comparer.

— Pourquoi ne manges-tu pas ? demande-t-elle à Issa prostré devant son assiette.

— D'après toi ?

La mère Osmane s'assoit silencieusement sur un tabouret, face à son mari. Son regard inexpressif erre çà et là avant de plonger faiblement dans celui d'Issa.

— Je suis fatiguée.

— Va te coucher.

— Dépêche-toi de finir ton souper et laisse-moi débarrasser.

— Je n'ai pas faim.

— Tu n'as rien mangé depuis le matin.

Issa est exaspéré par la voix détimbrée de sa femme. Ses mâchoires roulent dans sa figure défaite et ses poings se crispent.

— Tej n'aurait pas dû s'attaquer au village de cette façon, lâche-t-il.
— Pourquoi ?
— Maintenant, nous avons tout le monde sur le dos.
— Redresse-toi et il dégringolera.

Issa croit déceler du mépris dans le sourire figé de sa femme.

— Tu dois être effectivement très fatiguée.
— De te voir dans cet état.
— Que veux-tu que je fasse ? Que je m'en réjouisse, que je sorte acclamer le charisme de mon rejeton ?
— Tej sait ce qu'il fait.
— Ah oui...

La mère joint les mains dans le creux de sa robe. L'espace d'un éclair, son regard s'illumine d'un feu énigmatique, désagréable.

— Parfaitement.
— C'est une malheureuse initiative. S'attaquer à Ghachimat, là où ses parents résident, est une stupidité. C'est comme s'il nous proposait au lynchage. Je ne peux même pas sortir dans mon propre patio.
— Il ne nous arrivera rien du tout. Notre fils est puissant. Il est l'émir de la région et il a le bras si long qu'il peut frapper où il veut et quand il veut. Ça, les gens le savent. Autrement, ils nous auraient massacrés avant même de se rendre au cimetière pour enterrer le maire et sa famille d'affranchis.

Issa n'est pas convaincu. Il dodeline de la tête d'un air excédé.

— Non, pas Ghachimat. C'était inutile, insensé...
— C'est moi qui le lui ai demandé.

Issa lève brusquement la tête vers sa femme, les sourcils hérissés :

— Quoi ?

— Tu as très bien entendu.

Issa est complètement désarçonné. D'abord stupéfait, il met quelques instants à comprendre. Son visage éprouvé devient livide et les cernes s'accentuent autour de ses paupières. Pendant une minute, il déglutit, la gorge sèche et le souffle pantelant.

— Ce n'est pas possible, halète-t-il. Tu ne peux pas nous faire ça. Je refuse de te croire.

— Je ne t'ai rien demandé.

La voix atone de la femme lui glace le sang. Il esquisse un geste, comme pour chasser une mouche, mais le regard terne de sa compagne ne laisse aucune place au doute.

— Toi ?...

— C'étaient tous des moins-que-rien, dit-elle faiblement. Ils ne méritaient pas de vivre. Ils ignoraient ce que c'est.

— Que racontes-tu, vieille folle ?

— Ils se croyaient les maîtres. Ils disposaient des malheureux comme bon leur semblait. Ils n'avaient pas plus de respect pour les pauvres que d'égards pour leur propre personne. Ils ne savaient rien faire d'autre que voler, tricher et mépriser. Plus ils en avaient, et plus ils en voulaient. Leur appétit n'avait pas plus de limites que leur suffisance. Ils m'en ont fait voir de toutes les couleurs, ces chiens. Je n'ai rien oublié, pas la moindre incartade. Je n'ai rien pardonné, non plus. Tout est gravé là, ajoute-t-elle sur un ton monocorde en portant le doigt à sa tempe. Mais à aucun moment je n'ai désespéré. Je n'ai élevé Tej que pour me venger. Et je ne vais pas me gêner.

Issa repousse la table et se lève. Devant la froideur de sa femme une frayeur épouvantable s'ajoute à son écœurement.

— Je te rappelle que des enfants ont été massacrés.
— Les miens n'ont pas eu cette chance. Ils mouraient tous les jours, à chaque coin de rue. Partout où ils se hasardaient, on les persécutait, traquait, humiliait, molestait, puis on les ressuscitait pour les livrer de nouveau aux bourreaux... Tu ne peux pas comprendre, Issa. Tu as vite fait de rendre les armes. Tu estimais que le tort qu'on te faisait subir était légitime. Et tu ne pouvais pas voir grand-chose puisque tu t'obstinais à garder la tête basse et les yeux au ras du sol. Moi, je n'ai pas rendu les armes. Je les ai cachées pour aujourd'hui. Qui blesse la bête se doit de l'achever. Ils ne l'ont pas fait. Tant pis pour eux...

Elle se lève à son tour. Lentement. Issa la saisit par les épaules, l'écrase contre le mur, hors de lui.
— Tu es complètement cinglée.
— Tu me fais mal.
Issa se ressaisit. Il branle de la tête plusieurs fois :
— Je refuse de te croire.
— Ce n'est pas mon problème.

De nouveau, Issa porte ses mains sur sa femme. Cette fois, ses doigts n'atteindront pas les épaules de la mère. Ils resteront suspendus dans le vide, telles des serres pétrifiées. La mère Osmane le repousse, ramasse le plateau et retourne dans la cuisine. Issa la suit du regard, désemparé, incrédule, il s'écroule sur un banc matelassé.

— Ce n'est pas la fin du monde, claque une voix.

Issa se retourne. Zane le nain le considère d'un œil torve, debout dans l'embrasure de la porte.

— Comment es-tu entré ?

Zane ébauche une moue agacée.

— On me pose toujours la même question : comment es-tu entré ? Comme si c'était sorcier. Je ne traverse pas les murs, moi. J'ai frappé, tourné la poignée et je suis entré. Je crois que tout le monde procède de la même façon.

Issa consulte le réveil sur le téléviseur, s'aperçoit qu'il s'était assoupi quelques minutes. Il se frotte la nuque et fait face au nain.

— Qu'est-ce que tu veux ? Il est presque dix heures du soir, et j'ai sommeil.

— Justement. Je suis venu te réveiller tout à fait. Pas question de dormir, cette nuit, vieux. Je reviens de Moulay Naïm. J'ai assisté là-bas à une réunion terrible. Mourad et Allal sont en train de mettre sur pied un groupe d'autodéfense. Dès demain, ils feront parler d'eux. Ils ont décidé d'aller chercher Sarah. Ils ont des armes et ils sont déterminés.

— Ils sont combien ?

— Vingt-deux.

— Tej n'en fera qu'une bouchée.

— Peut-être, mais c'est parti. Bientôt, tous les jeunes suivront leur exemple et, dans moins d'une semaine, nous aurons un contingent de « patriotes » sur les bras. Ils sont déjà en train d'établir des listes pour demander des armes. J'ai vu de mes propres yeux un représentant de l'autorité militaire leur remettre des formulaires pour la constitution des dossiers.

On parle aussi de l'éventualité de déployer un cantonnement de garde communale par ici. Je ne dis pas ça pour te bousculer mais, à ta place, je commencerais tout de suite par descendre mes valises du grenier.

Issa fixe le plafond pour réfléchir. Zane en profite pour se ruer sur le banc matelassé, s'installe confortablement entre deux coussins et croise les genoux.

— Il y a autre chose... Les gens, ils ne sont pas contents du tout. J'ai traîné au café. Je t'assure que j'en ai les oreilles qui bourdonnent encore. Tej a fait une grosse connerie. Tant qu'il sévissait ailleurs, on s'en foutait. Mais il n'aurait pas dû s'attaquer à Ghachimat...

— Arrête de tourner autour du pot.

— D'accord, dit Zane. Je vais droit au but : on va vous faire la peau !

Issa retrousse les lèvres sur un rictus indécis.

— Tiens, tiens...

— Au café, on a qu'un mot à la bouche : vengeance. Chacun y va de sa sentence. Les uns sont pour l'égorgement, les autres pour le bûcher, mais tous sont d'accord sur l'essentiel : vous foutre en l'air, toi et toute ta famille. Je t'assure qu'ils sont extrêmement motivés. Je ne serais pas étonné si, dans moins d'une heure, ta maison...

— Qu'ils viennent donc, s'énerve Issa. Qu'est-ce qu'ils attendent ? Que j'aille les inviter ?

— Ça ne sert à rien de se mettre en boule, vieux. Dépêche-toi de faire tes valises et de foutre le camp d'ici, et tout de suite. À Ghachimat, comme à Moulay Naïm, on ne pense qu'à vous charcuter. Même Adda, ton ami, est d'accord pour qu'on vous pende au sortir du village. Et Boudouara, il se dit prêt à tresser lui-même la corde. Le vent a tourné, mon pauvre Issa.

— Tu es de quel côté, lutin de malheur ? À t'entendre, on dirait que tu t'en réjouis.

— J'ai pris un risque énorme en t'avertissant, et ça ne te suffit pas ? Je suis certain qu'il y a au moins trois ou quatre bonhommes dans les parages pour te surveiller, peut-être même pour te crucifier. Et ça ne m'a pas empêché de venir jusqu'à toi. Qu'est-ce qu'il te faut de plus pour me situer ? J'ai jamais laissé tomber mes amis, moi.

— À d'autres, Zane. N'espère surtout pas m'émouvoir. Nous sommes de la même race : il n'y a pas de courage exceptionnel dans nos gènes. Dis-moi exactement ce que tu as derrière la tête, et finissons-en.

Zane feint de s'emporter. Il se redresse d'un bond, mais pas assez violemment pour impressionner Issa.

— Dépêche-toi de filer d'ici, vieux.

Et il s'en va, faussement affligé.

Zane ne rentrera pas chez lui, cette nuit-là. Il ira se cacher derrière un bouquet de cactus et ne quittera pas des yeux l'ancienne maison de Haj Maurice. Rapidement, il entend les Osmane s'agiter. Pour ne rien laisser au hasard, Zane grimpe dans un arbre de façon à dominer le patio. Il voit les enfants d'Issa aller et venir dans la cour, chargés de balluchons et de paquets, entasser leurs fardeaux sur une camionnette dans une agitation frénétique, mais feutrée. Pas un cri, pas un bruit. Une fois le chargement terminé, Issa sort à son tour, deux petites valises au bout des bras. Il pose l'une sur le perron et va installer précautionneusement l'autre dans la cabine de la camionnette. Ensuite, il envoie le cadet de ses fils chercher Attou l'éboueur.

Pour le commun des mortels, Attou est un vieillard négligeable et inoffensif, un pauvre bougre aussi décontenancé que l'ombre qu'il trimbale derrière lui à longueur de journée. Non qu'il suscite le mépris, mais à peine se rend-on compte de son existence. En réalité, depuis l'avènement de l'intégrisme, Attou s'est découvert une vocation. C'est lui qui est chargé de remettre aux groupes armés de la région les fonds collectés des sympathisants et l'argent soutiré par la force aux citoyens. Grâce à sa discrétion et à son statut d'intouchable, il peut se rendre dans les maquis à des heures impossibles sans éveiller de soupçon.

Zane retourne faire le guet derrière les cactus. Attou arrive quelques instants plus tard, encore ensommeillé, les cheveux en bataille.

— Voilà l'argent destiné à Tej, lui confie Issa. Débrouille-toi pour le lui remettre avant la fin de la semaine. Tu lui diras aussi que nous sommes partis chez Louisa. Il comprendra.

— Vous partez ?

— Nous avons toutes les raisons de ne pas traîner dans les parages.

Attou s'essuie le nez dans un pan de sa robe. Il s'aperçoit dans sa précipitation qu'il a oublié ses lunettes chez lui. Mais ce qui l'inquiète le plus, c'est le départ intempestif de ses alliés. Il contemple la camionnette encombrée de bagages et de passagers, la maison désertée, la valise à ses pieds.

— Tu n'as rien à craindre, le rassure Issa. Personne n'est au courant de ce qui se passe entre nous deux.

Attou n'insiste pas. Il ramasse la valise et s'apprête à se retirer. Issa le retient par le bras :

— Tu es quelqu'un de bien, Attou. Tej a beaucoup d'estime pour toi.

— Ça me fait une belle jambe.

— Nous ne t'abandonnerons pas, je te le promets. Dès que je serai installé ailleurs, j'enverrai quelqu'un te chercher.

Attou baisse la tête, remue les orteils autour de la lanière de ses sandales. Il dit, blasé :

— Bof ! Tu sais, moi, à mon âge...

— Prends soin de toi.

Attou relève la tête intrigué par l'émotion de Issa, la trouve peu vraisemblable, pivote sur lui-même et s'en va en traînant paresseusement les pieds.

— Bon, lance Issa à sa famille entassée dans la camionnette, on met les voiles.

La camionnette vrombit et quitte le patio, les feux éteints. Elle évite l'artère principale du village, cahote sur les pistes périphériques. Ses feux rouges s'allument à chaque nid-de-poule. Elle rejoint tant bien que mal la route bitumée, au bas de la colline, et s'évanouit aussitôt dans la nuit.

Attou attend de la voir disparaître pour cracher fielleusement par-dessus son épaule et frapper le sol du pied.

— *Nous ne t'abandonnerons pas,* grogne-t-il. Faut le prouver autrement. Bande de fumiers, va. Je vous maudis.

Il dissimule la valise sous son bras et se dépêche de regagner son taudis. Il passe devant la résidence sinistrée du maire, rebrousse chemin à cause d'un groupe de garçons insomniaques en train de deviser autour d'une cafetière, remonte les ruelles dépourvues d'éclairage, s'arrêtant de temps à autre pour vérifier qu'il n'est pas suivi. Soudain, surgissant d'une haie de nopal, une ombre leste et précise l'intercepte. Attou a juste le temps de surprendre une étincelle sur la lame du couteau. Une douleur atroce lui traverse les tripes. Il lâche la valise pour se prendre le ventre à deux mains, tombe lentement à genoux. L'ombre se glisse une fraction de seconde dans la lumière de la lune. Attou reconnaît la figure grimaçante de Zane. De nouveau, le couteau siffle dans l'air et vient lui trancher la gorge d'une oreille à l'autre. Foudroyé, Attou perçoit le sang chaud en train de lui dégouliner à travers les doigts. Il s'abat sur la poitrine, la face contre le sol, et ne bouge plus.

Zane retourne prudemment, du bout du pied, le corps désarticulé du vieillard, l'ausculte. Satisfait, il essuie la lame ensanglantée sur la robe du mort, s'empare de la valise et se dissout, tel un mauvais génie, dans l'obscurité.

Le corps de Attou sera découvert très tôt le matin, baignant dans une mare de sang. À la foule rassemblée autour du cadavre, Zane dira :

— C'est parti ! L'heure de la vengeance a sonné. Malheur aux taupes, car les « patriotes » ne leur feront pas de cadeau.

Et au café, toute la journée :

— Tu te rends compte ? Attou, une taupe ?...

— Attou ? Ce moins-que-rien, une taupe ?...

23

— À partir de maintenant, nous sommes en territoire hostile, dit Rahal le repenti. Plus rien ne doit être laissé au hasard. Les terroristes peuvent être n'importe où, et les sentiers risquent d'être truffés d'engins explosifs. Ne ramassez rien, ne vous précipitez pas et faites attention où vous mettez les pieds.

Il passe son fusil sur l'épaule pour s'accroupir et prie le groupe de se rassembler autour de lui. Avec un bout de bois, il dessine des cercles sur le sol.

— Voici, à peu près, la configuration du terrain. Le nord est de ce côté. Ce rond-là, c'est la montagne qui est juste sur notre gauche. Nous nous trouvons approximativement ici, sur son flanc sud-est.

Il trace un trait sinueux à travers les cercles et ajoute :

— Nous allons progresser sur cet axe. En file indienne. Vous voyez les bois, au bas de la colline. Il y a une source. Les terroristes y avaient déployé un camp d'entraînement que l'armée a fini par découvrir. De temps à autre, des hélicoptères le bombardent. La horde qui y végétait a dû battre en retraite beaucoup plus loin, vers le sud. Le cantonnement de Tej est forcément dans les parages, derrière la forêt. Ça n'exclut pas l'existence de postes d'observation avancés, pas loin de l'endroit que nous occupons maintenant. À partir d'ici, notre groupe va se scinder en trois équipes. Bouhafs, Hachem et moi, nous partons en éclaireurs. Baroudi, Hamida et Fodil, vous restez derrière pour nous couvrir. Les autres avancent au milieu de la file. La distance entre les équipes ne doit pas excéder trois cents mètres. Personne ne doit lâcher des yeux celui qui est devant lui. En cas de pépin, gardons la tête froide. Si on nous tire dessus, jetons-nous à terre et mettons-nous immédiatement à l'abri. Il n'est pas question de riposter à l'aveuglette. D'abord pour ménager nos munitions, ensuite pour ne pas permettre à ces fils de garce d'évaluer notre nombre. Donc, ne tirez qu'une fois la cible dans la ligne de mire. Ne quittez votre abri qu'en direction d'un autre, mieux protégé, en sollicitant la couverture du voisin.

Il se redresse.

— Des questions ?

Le groupe se regarde. Autour de lui, les montagnes grisonnantes semblent s'élever d'un cran. Pas un nuage ne s'est hasardé dans le ciel. On entend s'égosiller les oiseaux, crisser les feuillages ; et la rumeur des bois ne parvient pas à dominer les battements sourds qui résonnent aux tempes des hommes. Quelqu'un passe son bras sur son front ruisselant de sueur, se retourne comme pour mesurer l'univers qui le sépare de sa bourgade et ne rencontre qu'un lointain éclaboussé de lumière, aussi troublant qu'un précipice.

Rahal perçoit le malaise qui gagne le groupe. Il décroche son fusil, l'étreint fermement et dit :

— S'il y a des réticents, il est temps, pour eux, de rebrousser chemin. Il ne s'agit pas d'une randonnée, je vous préviens. Nous avons de fortes de chances d'y laisser des plumes.

— Avançons, ordonne Mourad exaspéré. Nous ne sommes pas des poules mouillées.

Rahal hoche la tête. Après un dernier regard à ses compagnons, il pivote sur lui-même et file au milieu des fourrés, Bouhafs et Fodil à ses trousses.

Mourad, Allal, Jafer et sept autres volontaires patientent quelques minutes avant de se mettre en route, laissant sur place l'équipe chargée de la couverture arrière.

Vers trois heures de l'après-midi, ils atteignent une clairière et décident d'y observer une halte. Durant la progression, ils n'ont relevé aucune présence suspecte, pas le moindre signe de vie. Ils ont eu l'impression d'errer dans les limbes. Les rares gourbis rencontrés ont été désertés depuis des mois. Les uns incendiés, les autres démolis de fond en comble, on les croirait surgis d'un mauvais rêve. Même les sources ont été ensevelies sous des amas de pierres. Le territoire est sinistré, comme si une malédiction s'était abattue sur lui. Il y avait une ferme au haut de la forêt. On y élevait du cheptel et on y fabriquait du fromage. Aujourd'hui, ce n'est plus qu'une ruine lugubre balisant le point de non-retour. Ses murailles se sont effondrées, ses toitures envolées ; il ne reste ni portes debout, ni battants aux fenêtres. Seules des taches noirâtres indiquent encore l'endroit des enclos soufflés par l'avancée hunnique des intégristes.

— C'est la désolation, fait remarquer Houari.

Mourad s'assoit sur un tronc mort et entreprend de se débarrasser de ses espadrilles. Il retire ses chaussettes, les essore et les étend sur un caillou incandescent. Ses pieds sont en sang, boursouflés. Avec un torchon, il s'essuie autour des chevilles et entre les orteils. Il est tellement furieux qu'il ne fait pas attention à son interlocuteur.

Allal et Jafer vont se reposer à l'ombre d'un conifère. En silence, ils défont leur sacoche, extirpent des casse-croûte enveloppés dans du papier d'emballage. Le policier considère sa part avec lassitude, l'abandonne à côté de lui.

— Il faut prendre des forces, lui conseille Jafer.

Allal se contente d'acquiescer, mais ne fait aucun effort pour reprendre son sandwich. Depuis le massacre de sa famille, il vit dans une sorte d'état second. Il ne dit plus rien, ne mange que rarement et, la nuit, il n'éteint jamais la lumière dans sa chambre. Parfois, lorsqu'il s'isole pour communier avec ses absents, son visage s'obscurcit, son corps entier se raidit et il bascule dans une catalepsie pendant des heures, menaçant de ne plus en revenir.

— Rahal m'a fait très bonne impression, dit Jafer dans l'espoir de stimuler son ami. Il paraît aguerri. Son assurance me réconforte.

— Normal, rétorque Tahar. Il a été en Afghanistan, et il a opéré durant deux ans avec les plus redoutables terroristes de la région. Pour ce qui est du secteur, il le connaît comme sa poche. Mais un repenti reste un repenti. Quand on a trahi une fois, on est traître pour la vie.

Jafer est déconcerté par cette dernière observation. Il se retourne d'un bloc vers Tahar.

— Qu'est-ce que ça veut dire ?

Tahar hausse les épaules :

— C'est un avis personnel. Moi, j'ai pas confiance en ce type. Rien ne prouve qu'il ne nous mène pas en bateau.

Jafer fronce les sourcils.

— Mourad dit qu'on peut compter sur lui.

— Mourad est un camé. Il a perdu depuis des lustres son discernement. Rahal s'est repenti certes, mais pas par cas de conscience, encore moins par conviction. Il a eu des démêlés avec son émir et il était en passe de se faire exécuter par ses pairs. C'est la raison qui a motivé sa reddition. C'est un fumier comme les autres. Il a assassiné un tas de pauvres bougres, et je suis certain qu'il ne le regrette pas le moins du monde. C'est un tueur, je te dis. Il m'est impossible de fermer l'œil avec un gars comme lui à côté de moi.

— Pourquoi l'as-tu suivi ?

— Je ne l'ai pas suivi. Allal est mon ami. Je cherche Sarah avec lui. Ceci dit, je crois qu'il serait indiqué de ne pas quitter Rahal des yeux. De toutes les façons, je reste sur mes gardes. Si je décèle la moindre anomalie, je ne lui laisserai pas le temps de la dissimuler.

— Tu dis des sottises.

— Possible, mais je ne tiens pas à mourir n'importe comment. Pour moi, il n'y a aucun doute là-dessus : quelqu'un qui a trahi une fois, est traître pour la vie. C'est peut-être trop sévère, mais ça ne sert à rien de l'ignorer.

Sur ce, Tahar enroule sa veste, la tasse contre un rocher et pose la tête dessus pour dormir un instant. Jafer continue de l'observer pendant quelques minutes. Quand il reprend son sandwich, il se rend compte qu'il a perdu l'appétit.

À l'aube du deuxième jour, le groupe débouche sur un maquis incendié par d'anciens tirs d'artillerie. Au milieu des arbustes calcinés et des cratères noircis, juste au bout d'une piste vergetée d'ornières, trois têtes humaines se décomposent au soleil. Tranchées à ras le cou, elles se balancent à l'extrémité d'une branche, semblables à d'épouvantables trophées. La puanteur a vicié l'endroit, l'horreur du spectacle tétanise Mourad et ses compagnons. Certains portent brusquement la main à la bouche et se détournent, d'autres sentent leurs genoux s'amollir. Quelqu'un se plie en deux et se met à vomir dans un râle tonitruant.

— Bienvenue en Amazonie, fait Rahal.
— Pourquoi l'Amazonie ? bredouille Mourad. Les vrais cannibales sont nés chez nous.

Plus loin, ils découvrent une guitoune de nomades, reconnaissable à ses tentures grossièrement rafistolées et ses poutrelles rachitiques. Deux femmes égorgées gisent autour d'un chaudron renversé. À l'intérieur de la case, le corps d'un bébé éventré finit de pourrir dans son berceau, recouvert d'une nuée de mouches voraces.

— Putain ! regardez-moi ça.

— Qu'ont-ils bien pu faire pour mériter de mourir de cette façon ?

— Justement. C'est parce qu'ils n'ont rien à se reprocher.

— Hé ! lance Rahal en contrebas d'un tertre. Il y a encore d'autres cadavres par ici.

Cinq hommes, dont trois décapités, sont étendus au milieu d'un maigre troupeau de chèvres décimé. Ils sont nus, et leur chair porte de profondes traces de torture. Couchés l'un à côté de l'autre, un jeune garçon et une petite fille se tiennent par la main. On les croirait en train de rêvasser. Si seulement leur frêle cou n'avait pas été profané par la lame d'un sabre ou d'une machette...

— Ne restons pas là, dit Rahal en dévalant lestement le flanc de la colline.

Le soleil a de la peine à se lever sur la montagne. Dans le silence des bois, le bourdonnement des mouches rivalise avec l'odeur de décomposition. Pour Mourad et ses hommes, si l'enfer est pire que toutes les horreurs de la terre, il ne saurait, à lui seul, les minimiser.

Le premier poste de guet terroriste ne sera localisé que tard dans l'après-midi. Il a fallu toute l'expérience et tout le flair de Rahal pour le débusquer. C'est un point camouflé derrière des buissons, difficilement accessible. Il couvre une crête et domine le seul passage donnant accès à cette partie de la montagne enserrée dans un relief accidenté. Rahal scrute la côte avec des jumelles, s'attarde patiemment sur les buissons, à l'affût.

— Ils sont deux, annonce-t-il. Je peux les avoir.

De la main, il prie l'équipe de Mourad de ne pas bouger puis, en rampant dans les herbes folles, il gravit habilement le talus. Quelques interminables minutes plus tard, un coup de feu claque, suivi d'une rafale courte et d'un cri. Aussitôt Bouhafs et Fodil se ruent vers la rivière pour prendre l'objectif à revers. Un fusil de chasse retentit, rapidement recouvert par deux autres rafales.

— Qu'est-ce qui se passe ? hurle l'équipe arrière en courant vers celle de Mourad.

— Retournez à vos postes, crie Jafer d'un ton incertain. On a repéré deux terros.

Trois coups de feu aboient au sommet de la crête. Bouhafs et Fodil investissent le poste, inspectent les alentours et reviennent se montrer en haut de la côte pour demander au reste du groupe de les rejoindre. Mourad passe devant en pestant contre la culasse de son arme qui refuse de fonctionner, se met à courir comme un fou dans les buissons. Sur le mamelon, un terroriste déguenillé est étalé les bras en croix, la barbe jusqu'au nombril et le crâne emporté par une rafale.

— L'autre s'est tiré de ce côté, dit Fodil fiévreux. Rahal lui colle au train. Il ne le laissera pas filer.

Le deuxième terroriste sera rattrapé quelques centaines de mètres plus loin au fond de la forêt, blessé au dos et à la jambe. Il traîne sur le ventre en s'agrippant aux pierres et aux racines des arbres. Rahal lui met un pied sur la nuque et l'immobilise contre le sol.

— Tiens, tiens... n'est-ce pas le fils de Hassine le colporteur ?

— C'est bien lui, reconnaît Tahar. On est même cousins, tous les deux.

Allal se penche sur le terroriste, le saisit par les cheveux à lui briser la nuque.

— Où est Sarah ?

Le terroriste émet un rire bref qui fait tressauter ses membres. Il considère le policier, montre ses dents rougeâtres dans un ricanement :

— Tu ne perds rien pour attendre, le poulet. Tu auras droit au même traitement de faveur que les tiens, je te le promets.

— Où est ma femme ?

— Ton ex-femme, tu veux dire. Elle n'est plus tienne, maintenant. Tej l'a offerte en présent à Kada Hilal. Ils doivent se payer du bon temps, à l'heure qu'il est, tous les deux. Te fais pas de bile pour elle. Elle risque pas de s'ennuyer... Les femmes ont rarement le temps de s'ennuyer dans les maquis.

— Où est le camp ? s'emporte Mourad. Où est le camp ou je te bousille, sale fripouille.

— Tu sais, fumeur de kif, tu m'impressionnes tellement que j'en fais dans mon froc.

De nouveau, il se contracte dans un rire spasmodique qui le secoue en entier. Sa tête s'agite mollement, roule sur le côté, et ses yeux commencent à se révulser.

— Attention, s'écrie Tahar, il est en train de tomber dans les pommes. Ne le laissez pas tourner de l'œil. On ne pourra pas le réveiller.

— Laissez-moi faire, intervient Rahal en écartant les autres. Je vais vous le remettre d'aplomb en moins de deux.

Il s'agenouille devant le terroriste et lui assène une série de gifles retentissantes.

— Masse-lui le cœur, bordel. Il est en train de nous échapper.

Le terroriste exhale un soupir, se fige. Rahal continue de le secouer, mais ni ses insultes ni ses efforts ne parviennent à le ressusciter.

La clairière paraît rassérénée. Malgré un soleil implacable, la pénombre des arbres y déverse une fraîcheur d'oasis. Tapi dans les branchages, un merle siffle. Sarah est là, étendue sur le sol duveteux. Elle est nue. Sa chevelure blonde, que taquine par endroits la brise, se ramifie autour d'elle comme une coulée d'or. Son dos arrondi conserve les traces du fouet. Elle a les poings ligotés avec du fil de fer et les chevilles enchaînées.

Debout devant elle, Rahal semble penser à ce qu'elle fut, quelques mois auparavant : une vestale resplendissante dont tous les jeunes rêvaient. Il se rappelle sa silhouette aussi frêle qu'un roseau, mais enchanteresse et fugitive tel un mirage au fond du désert.

Lentement, il se défait de son manteau pour voiler

la dépouille. Derrière lui, le reste du groupe est figé. Il regarde en silence la clairière, ne sachant quoi faire d'autre.

Rahal se recueille un moment sur le corps de Sarah et revient. Il s'entend murmurer à Allal :

— Je suis désolé.

Le policier ne l'entend pas. Ses yeux sont hagards. Seules ses lèvres remuent dans son visage exsangue, incapables de libérer le moindre son. Il reste ainsi une éternité avant de s'approcher du drame. Ses jambes s'entrechoquent. Il titube, chancelle ; il avance dans le brouillard.

Mourad dodeline de la tête et se retire, suivi par le groupe. Jafer, lui, est comme pétrifié. Quelqu'un le tire par le bras ; il refuse de s'éloigner.

Allal s'écroule devant le corps de sa femme. Sa main incertaine part caresser les cheveux éparpillés sur l'herbe.

— Pourquoi ? gémit-il.

Rahal se retourne. Il voit le policier se pencher sur sa femme, la prendre à bras le corps...

— Nooon !

Trop tard : une formidable explosion soulève Allal et Sarah à travers la clairière dans un tourbillon de flammes et de chair. Jafer est projeté contre un arbre, le ventre ouvert par un éclat. Rahal roule dans un fossé, catapulté par le souffle de la déflagration. Mourad se redresse, éberlué. Il ne comprend pas. Autour de lui, quatre hommes hurlent en se contorsionnant par terre. Un autre gît à côté, défiguré, la poitrine fumante.

— Que s'est-il passé, vocifèrent les rescapés dans une panique indescriptible, que s'est-il passé ?...

Un miraculé tourne en rond, hébété, montrant du doigt les corps déchiquetés de Sarah et du policier :

— Le cadavre était piégé, balbutie-t-il, le cadavre de la femme était piégé...

24

Le jour tire à sa fin comme tire sa révérence un griot déchu. Déjà le soir s'abreuve dans les coulisses des bois pour étancher sa noirceur. Dans le ciel, où pas un nuage ne daigne s'ébrouer, d'infinitésimales étoiles tournent en rond, pareilles à des prières en quête de bon Dieu. Quelque chose, dans l'air, est en train de rendre l'âme. Ni les arbres s'apprêtant à refermer les bras pour s'assoupir, ni les chiens ne font attention à son agonie. Le jour bat en retraite dans l'indifférence. Il périra de la même façon qu'un bruissement dans les fourrés, telle une légende qui s'arrête à l'heure où s'engourdit l'esprit.

Dactylo a du chagrin. Les ruines lui font de la peine. La main obscurantiste a effacé leur mémoire. De grotesques murailles en parpaings confisquent leur majesté. Bientôt, elles disparaîtront sous la ferraille et le béton, et la colline succombera au siège des trivialités. Aucun passé n'y trouvera un repère à féconder. Il ne restera aux profanateurs, en guise de souvenirs, que le remords de ceux qui ont cautionné le sacrilège en lui tournant le dos.

Dactylo erre parmi les ronces et les aigreurs. Il n'ose pas affronter la vallée profanée, ni les champs en disgrâce écartelés autour de lui. Il est fatigué de traquer la chimère à travers un paysage qui ne finit pas de désespérer. Il n'est pire erreur qu'une utopie apprivoisée... La nuit le rattrape à l'entrée du village. Sa maison l'accueille comme à l'enterrement. Dactylo n'a pas faim. Il veut seulement dormir. Il glisse dans son lit et ne bouge plus.

— Debout là-dedans !

L'écrivain public sursaute, s'égare à la recherche du commutateur. Cinq hommes armés sont debout dans la pièce, la barbe aussi sauvage que la toison, les vêtements crasseux et le regard mortel.

Tej Osmane pose son kalach à côté de la machine à écrire, s'assoit d'une fesse sur le coin de la table et croise les doigts sur ses genoux.

— Que fais-tu dans le noir, monsieur le lettré ?

— Je m'initie à la nuit éternelle et au deuil de mes amis.

— Qu'est-ce qui te fait croire qu'on te veut du mal ?

— On n'entre pas de cette façon chez ceux qu'on chérit.

Tej ricane.

— Tu as tapé dans le mille. Le chargé des enfers a besoin d'un secrétaire. Il m'envoie te recruter.

Dactylo repousse la couverture pour se mettre sur son séant. Un terroriste étreint nerveusement son fusil de chasse à canon scié. Tej le calme avant de se retourner vers les étagères chargées de livres.

— Tes lectures ne t'ont pas avancé à grand-chose, finalement.

— Ça dépend de quel côté on veut progresser.

— C'est dans les livres que tu puises la force de te débiner devant la réalité ? Pourquoi n'es-tu pas rentré chez toi, après la guerre de 62 ? Tu avais peur de trouver quelqu'un d'autre dans les bras de ta femme ?

— C'est qu'un débile émasculé, dit Zane. Il cherche dans les bouquins ce qu'il n'est pas prêt de rencontrer dans la vie. Faut pas lui accorder plus d'intérêt qu'il n'en mérite. C'est un cinglé, un minable zélé. Depuis le début, il n'a pas arrêté de médire de nous, de monter les gens contre les moudjahidin. Tranche-lui la gorge, émir. Y a pas d'autre moyen pour lui boucler sa grande gueule.

Tej se lève délicatement, s'approche des étagères. Du bout du doigt, il fait tomber, un à un, les livres par terre.

— Les bouquins sont les pires ennemis de l'homme, Dac. Ils te colonisent la tête. S'il y a vraiment un salut, c'est en toi qu'il faut le chercher. Celui des autres ne t'appartient pas. Il te devient péril dès que tu l'adoptes.

D'un geste hargneux, il renverse les étagères. Les livres dégringolent et se répandent sur le sol.

— Tes bouquins t'ont menti, pauvre crétin. Ils t'ont conté fleurette.

Ensuite, il va contempler de près les portraits d'écrivains accrochés au mur.

— Ces types ne sont que des charlatans. Ils inventent des histoires qu'ils sont incapables d'assumer et ils confient à leurs personnages les rôles qui leur font défaut... Les écrivains sont des faussaires, Dactylo, des charmeurs de nigauds. Ils sont les premiers à ne pas croire en leurs théories. Malheureusement, tant que les imbéciles continueront de prendre leurs élucubrations pour argent comptant, ils ne verront pas pourquoi se gêner.

Il décroche les portraits et va les jeter dans la poubelle.

— C'est le seul endroit, après le cimetière, qui leur sied comme un gant.

Il revient vers l'écrivain public. Dactylo ne sait pas comment il s'est mis debout. La peur lui ronge les tripes, lui cisaille les mollets. Son être s'émiette, se désagrège, pourtant il lutte de toutes ses forces en charpie pour ne pas fléchir, pour ne supplier personne.

— Pourquoi tu ne dis rien ? le persécute Zane. D'habitude, tu as la langue bien pendue. Que t'arrive-t-il soudain ? Où sont-elles passées tes phrases ronflantes, tes mots que personne n'est foutu de déchiffrer dans le dictionnaire ?

Tej ramasse son kalach. Ses yeux d'outre-tombe s'assombrissent. Il dit :

— J'ai horreur des bouquins, Dactylo. Qu'ils soient écrits par des poètes ou par des imams, ils me mettent invariablement en boule. Je suis allergique à l'odeur du papier, à leur forme et à la suffisance de leurs auteurs. Je déteste recevoir des leçons. Après tout, que savent-ils de la vie, que savent-ils des gens ? C'est à peine s'ils devinent où ils veulent en venir. Le monde est tellement complexe. C'est impossible de le cerner, de comprendre tous ses mécanismes. Et puis, on ne sauve pas l'humanité avec des mots. Pour moi, l'écriture est l'apprentissage par excellence de la figuration. La seule chose en laquelle je crois, c'est ça, ajoute-t-il en brandissant son arme. Le fusil ne revient jamais sur ses déclarations. Quand il lance le ton, c'est définitif... Brûlez-moi ces saloperies, ordonne-t-il à ses hommes. Et toi, l'écrivain, passe devant. Ce soir, tu seras aux premières loges pour assister au plus beau carnaval de ta chienne d'existence.

Zane court chercher des jerricanes dans la cour, asperge d'essence les livres, le lit, les tentures, gratte une allumette.

— Attention, les gars, un sourire. Le petit oiseau va sortir.

Une flamme se soulève dans un ressac éblouissant, se répand à travers la pièce. Zane recule au fond du patio. Les mains sur la bouche pour comprimer un cri de joie, il exulte, subjugué par le sinistre naissant.

Dactylo trébuche sur la piste. Les terroristes lui assènent des coups de crosse pour le faire avancer. Derrière lui, les flammes farandolent dans sa maison, s'échappent par les fenêtres, giclent dans le ciel, bourdonnantes et tentaculaires.

Au bas de la colline, à quelques encablures de Ghachimat, la bourgade de Moulay Naïm brûle, elle aussi. On entend des bruits de mitraille et des explosions. Le cri de la populace agressée résonne dans la nuit, roule sur les flancs de la montagne et va, loin dans la forêt, se retrancher.

— Regarde, Dactylo, dit Tej triomphant. Regarde partir en fumée le douar des traîtres. Où est donc passé son groupe d'autodéfense ? Ils croyaient m'intimider, avec leurs rejetons. J'ai donné l'ordre à mes hommes de n'épargner ni les bêtes ni les nourrissons. N'est-ce pas une fresque magnifique ! Écoute-les hurler de terreur et de dépit. Le comble, il n'y aura aucun écho de leur supplice demain, dans les journaux. Ils ont vécu anonymes, ils mourront ignorés, parce qu'officiellement ils n'ont jamais vraiment compté. Les misérables. Ils peuvent crier toute la nuit, ni l'armée ni Dieu ne bougeront le petit doigt pour eux. Là où Tej Ed-Dine passe, tout trépasse.

Dactylo est saisi par le col de sa chemise et jeté à terre. On le ligote. Zane s'accroupit devant lui.

— Dis quelque chose, l'écrivain. Essaye de les convaincre, bon sang ! Prouve-leur qu'ils sont dans l'erreur. Tu sais tellement bien causer. Purée, ce que j'suis triste. Tes belles phrases vont me manquer. S'il te plaît, dis quelque chose avant de crever... pour la postérité.

Dactylo ferme les yeux de toutes ses forces, crispe les mâchoires. La lame du couteau lui effleure le bout du nez, glisse doucement sur son menton.

— Dis quelque chose, ordure.

Il sent tout son corps se cabrer sous la morsure de la lame. Des milliers de flammèches explosent dans sa tête. Le sang afflue rapidement dans sa bouche. Ses yeux s'écarquillent de souffrance. Il voit un sentier trotter dans les fougères, une langue de rivière lécher les roseaux, une maison vide au bout du chemin puis, plus rien... juste une aurore tourbillonnante l'aspirant lentement vers un monde inconnu.

25

Smaïl Ich sort de sa tanière, gigantesque, le visage encagoulé dans une toison crasseuse. Il lève les yeux sur le ciel immaculé puis sur les arbres délimitant le camp, et secoue la tête de gauche à droite à la manière d'un boxeur. Il porte un tablier en toile cirée, retenu dans le dos par une cordelette de chanvre. À son ceinturon en cuir pendent deux couteaux de boucher, un cran d'arrêt dans son étui et une machette effilée. Flatté par son harnachement, il se renverse en arrière et lance un rire forcené à travers le silence.

— Que dites-vous de ça ? s'écrie-t-il aux hommes autour de lui.

Il avance son ventre gargantuesque, lisse son tablier.

— Si seulement on pouvait me prendre en photo dans mon costume de cérémonie. Pour l'Histoire. (Il fait tinter fièrement son arsenal de bourreau.) Où est cette saloperie de bassine ?

— Elle est là, Khouf Khan, lui indique-t-on.

Smaïl bombe la poitrine. Son surnom, qui fait trembler les villages et ses propres compagnons, lui insuffle une incommensurable plénitude. Depuis qu'il a décapité l'imam Haj Salah, il l'exhibe partout comme un haut fait d'armes.

Il s'accroupit devant la bassine, se lave les mains jusqu'aux coudes — comme pour les ablutions —, se rafraîchit la figure, se relève en s'essuyant les paumes sur son postérieur et fait face aux deux prisonniers. Le plus jeune est un moniteur scout intercepté au cours d'un faux barrage. L'autre est un officier de police, un quinquagénaire trapu au visage meurtri par les vicissitudes. Enlevé la veille, il a subi plusieurs interrogatoires, et ni la torture ni la promesse d'une vie sauve ne sont parvenues à lui soutirer une bribe d'information.

— Emmenez le premier dans l'oued et tâchez de bien le ficeler. Je déteste recevoir ses ruades dans les reins.

Trois émules sautent frénétiquement sur le jeune moniteur qui se met à hurler et à se débattre. Smaïl fait durer le plaisir pendant quelques minutes avant de se rabattre sur le policier.

— Pas celui-là, l'autre...

Relâché et quasiment fou, le moniteur rampe fébrilement vers sa place au pied de l'arbre et s'y fait tout petit. L'officier de police est debout, prêt pour l'exécution. Il toise Smaïl et lui dit :

— Tu fais pitié.

— Pour le moment, *taghout,* c'est toi qui en as besoin.

— On se retrouvera, *là-haut.*

— N'y compte pas trop, mon poulet. On ne sera pas logés à la même enseigne.

L'officier crache par terre :

— Espèce de cinglé !

Les trois hommes lui cognent dessus et le bousculent vers la rivière.

— Ne me l'abîmez pas, leur recommande Smaïl. J'ai l'intention d'exposer sa belle gueule sur la place de son douar.

Assis sur un rocher, le fusil entre les cuisses, Boudjema n'a pas l'air d'apprécier le spectacle.

La forêt bruit sourdement dans le vent. Un bûcher crépite au milieu du camp tandis que l'odeur du méchoui attire les chacals que l'on devine surexcités dans le taillis. On entend pleurer des femmes enlevées par la horde au cours d'expéditions punitives contre les hameaux et que les terroristes épousent l'espace d'une nuit ou d'une étreinte avant de les éventrer. On appelle cette liaison un mariage de jouissance : une simple *fatiha* avant la fornication, et tout ce qui s'ensuit est ainsi béni.

Le rire de Smaïl retentit dans la nuit. Sa silhouette masque la lumière tamisée de sa tanière et disparaît derrière les buissons. Le clapotement de son urine cascade dans les ténèbres.

Youcef arrive avec son dîner et se laisse choir à côté de Boudjema assis seul, à l'écart des autres. Il enfourne un morceau de viande dans un chapelet de succion, lèche ses doigts dégoulinants de gras.

— D'habitude, dit-il à Boudjema, dès qu'un *taghout* est repéré, tu cours l'intercepter si vite que ton ombre a du mal à te rattraper. Où est ton enthousiasme ?

— Ça t'ennuierait de me laisser seul. Je ne suis pas bien.

Youcef passe la langue sur ses lèvres, attrape une filandre de chair perdue dans sa moustache, l'avale. Il dit :

— « Les grandes nations se sont toujours élevées sur des charniers. Le sang leur est aussi nourricier que le fumier pour la glèbe. » Ainsi parlait cheikh Abbas. Je croyais que tu l'adorais.

Boudjema dévisage longuement son interlocuteur.

— C'est Tej qui t'envoie ?

— Qu'est-ce qui te le fait supposer ?

— Il doit trouver mon enthousiasme en chute libre, lui aussi.

— Il n'a rien dit à ton sujet.

— Hé ! supplie le moniteur scout, vous n'allez pas me tuer, n'est-ce pas ? je n'ai rien fait.

Youcef lui lance une pierre.

— Écrase, le chien.

— Je suis moniteur. J'enseigne la botanique aux scouts.

— Tu vas la fermer.

Le moniteur se recroqueville au pied de l'arbre et se met à gémir.

— Si tu as un problème, dit Youcef à Boudjema, je me propose de le partager avec toi. Nous sommes plus que des frères. À deux, nous trouverons bien une issue. Je me fais de la bile pour toi. Ce n'est pas prudent de te démarquer du groupe. Tu attires l'attention sur toi et tu ravives la suspicion. Beaucoup de nos compagnons d'armes ont été sommairement exécutés par Smaïl sur de simples présomptions. Certains l'ont été uniquement pour servir d'exemple. Ils étaient aussi braves que n'importe qui. L'espionnite bat son plein. La moindre anomalie déclenche la panique. Pendant ce temps, tu continues de faire bande à part, de t'exposer stupidement. Non, ne dis rien. Je ne suis pas venu deviser avec toi. Tu es quelqu'un de cher à mes yeux. Je ne tiens pas à ce qu'on te tranche la gorge, c'est tout. Tej n'épargnerait pas son propre père. Surtout ces derniers temps. Il ne se contrôle plus. Alors, fais gaffe. Mêle-toi au troupeau et évite de te mettre dans son collimateur. Et n'oublie pas : ton frère Mourad a pris les armes contre nous. À ta place, je ferais attention plutôt deux fois qu'une...

— Hé ! reprend le moniteur. À quoi ça va vous servir de me tuer. Je ne suis qu'un moniteur...

— C'est pas vrai, grommelle Youcef, il va me rendre dingue.

— Je ne veux pas mourir... je ne veux pas mourir... je-ne-veux-pas-mou-rir...

À chaque syllabe, le moniteur frappe l'arrière de son crâne contre le tronc d'arbre. Les terroristes suspendent leur repas pour le regarder. L'un d'eux claque dans ses mains pour battre la mesure et répète après le moniteur :

— Il-ne-veut-pas-mou-rir...

Les autres l'imitent, et se mettent à scander :

— Il-ne-veut-pas-mou-rir... il-ne-veut-pas-mou-rir...

Boudjema ramasse son fusil, il va se dégourdir les jambes et l'esprit du côté de la rivière.

Le lendemain matin, en procédant à la relève de la garde, Youcef découvre une sentinelle dans un fossé, les jambes accrochées au branchage et la gorge ouverte.

Le prisonnier a disparu.

Et Boudjema aussi.

Les deux frères Naaman finissent de camoufler le nouveau poste d'observation. Ils ont creusé un trou d'un mètre cinquante sur le flanc de la crête ainsi qu'une minuscule rigole pour se glisser derrière le rocher en cas de repli. Najib a les mains en feu. Le branchage qu'il dispose autour du trou lui pénètre dans les paumes jusqu'au sang. Ruisselant de sueur, les lèvres blanches, il s'écroule sur le monticule de terre qu'il a élevé. Son jeune frère Chabane, un adolescent famélique, gît sous un arbuste, la chemise ouverte sur son ventre anormalement creux. La casquette, qu'il utilise en guise d'éventail, n'arrive pas à le rafraîchir.

Najib porte sa gourde à sa bouche, puis il asperge son cou et le sommet de son crâne teigneux.

— Tu aurais dû prendre tes médicaments avec toi, dit-il.

— C'est à peine si j'ai eu le temps de filer par les toits.

— Cette fois, *ils* sont déterminés. *Ils* ne nous lâcheront plus. On ne peut ni reculer, ni nous faufiler à travers leur dispositif. Boudjema a dû coopérer à fond. Il n'a omis aucun détail, le salaud. Je me demande si j'ai bien fait de t'entraîner dans ce merdier.

— Ce qui est fait est fait.

— Tes poumons me préoccupent sérieusement. Tu ne tiendras pas le coup.

Chabane laisse tomber sa casquette sur la figure.

— On n'échappe pas au destin, grand frère. Ne te culpabilise pas. J'ai dix-sept ans, tu sais. J'ai pris mes responsabilités.

Dans le ciel chauffé à blanc, au-dessus de la vallée, des hélicoptères rasent les mamelons, semblables à des libellules. Par intermittence, des tirs d'artillerie soulèvent des giclées de feu et de fumée dans la forêt. Sur la route de Moulay Naïm, un impressionnant convoi militaire serpente pendant que d'autres unités, engagées depuis deux jours, investissent les bourgades alentour pour de vastes opérations de perquisition.

— Tu n'aurais pas dû nous rejoindre, s'énerve Najib.

— Les routes étaient truffées de barrages. Je n'avais pas le choix.

Najib a de la peine pour son cadet. Il regarde sa poitrine maladive, son teint olivâtre, ses yeux profondément enfoncés dans son front desséché.

Depuis la défection de Boudjema, la *katiba* n'arrête pas de battre en retraite vers les hauteurs de la montagne. Elle a miné les pistes de bombes artisanales pour retarder la progression des militaires, mais les soldats, intelligemment déployés, avancent très vite, lui infligeant des pertes cuisantes à chaque accrochage.

— Sois maudit, Boudjema, peste Chabane. Tu ne l'emporteras pas au paradis.

Najib sourit amèrement :

— Le paradis, nous l'avons laissé derrière nous. Les veillées tardives, les noces dans la moiteur de la nuit, les boutades à chaque coin de rue, les filles qu'on épiait autour des marabouts, tu te rappelles ? Les chants de la vieille sur la margelle du puits, les sautes d'humeur du vieux, les étourderies d'Issa la Honte, les troubadours, le braillement des ânes dans l'épaisseur de l'après-midi... c'était ça, le paradis, le vrai, le *nôtre,* simple comme bonjour. Il est derrière nous, maintenant... Ne me regarde pas ainsi, petit. On s'est fait avoir comme des imbéciles. On nous a remontés comme des réveils et on nous laisse sonner une vingt-cinquième heure complètement déphasée.

— Tu ne vas pas me faire croire que nous avons tué tous ces gens pour rien.

Najib gonfle les joues. Son regard repart suivre la progression des convois.

— C'est la vérité.

Chabane est bouleversé par la consternation de son aîné. Sa main tergiverse avant de s'emparer de celle de son frère.

— Qu'allons-nous faire ?

— Tu vas te tirer d'ici. Ton âge plaidera en ta faveur.

— Et toi ?

— Mon nom est fiché partout. Je n'ai aucune chance.

— Livre-toi.

— C'est trop tard.

— Je ne partirai pas sans toi.

Najib prend son frère par les épaules :

— Tu vas déguerpir, et tout de suite. Sans accolades, sans chichis. Il y a un sentier de chèvres juste après le poste forestier. Tu as une chance sur cent de l'atteindre, et tu vas la tenter. Le terrain est accidenté. De l'autre côté de la colline, il y a une ferme désaffectée. Cache-toi dans les vergers environnants, la nuit. Au matin, arrange-toi pour rejoindre la route et livre-toi. De mon côté, je tâcherai de m'en sortir, je te le promets.

Chabane n'insiste pas. Lorsque l'aîné ordonne, le cadet obéit. Il range sa gourde, une boîte de conserve et un pistolet dans sa musette. Najib lui tourne le dos, significativement.

— Fais attention à toi, grand frère.
— Fous le camp.

Chabane considère tristement sa casquette, l'enfonce jusqu'aux oreilles et se met à dévaler le sentier en s'accrochant aux buissons.

Les hélicoptères s'approchent. Najib glisse dans le trou, ramène le feuillage sur lui. À cet instant précis, au fond de l'obscurité, il prend conscience de l'ampleur de sa solitude.

Smaïl Ich met en joue un hélicoptère. L'appareil est si proche qu'il distingue ses pales brassant l'air. Un sifflement déchire le ciel. Le poste d'observation vole dans un tourbillon de poussière et de flamme. L'artillerie s'acharne sur la crête. Najib émerge de la fumée, titubant, les bras arrachés. Deux hélicoptères surgissent au-dessus des bois. Leurs roquettes ébranlent les alentours. Un début d'incendie se déclare dans la forêt, s'attaque au bosquet dans une traînée de tornades. Smaïl se met à découvert. Campé sur ses jarrets, il se frappe la poitrine avec son poing, hilare et dément. Il est soufflé par une explosion et s'abat sur le dos, les yeux exorbités, la bouche grande ouverte sur un rire foudroyé. Le premier cordon des militaires investit rapidement le bosquet dans une chorale de mitraille. Les hélicoptères se retirent et l'artillerie reporte ses tirs sur les crêtes pour interdire le repli de la *katiba*.

Tout Ghachimat a la tête tournée vers la montagne. Juchées sur les terrasses, les mains en visière, les femmes observent l'horizon. Sur la place du village, les enfants sont cloués de perplexité. Les Anciens et les adultes hérissent l'arête de la colline, qui à califourchon sur un âne, qui appuyé sur une canne. Ils suivent les voltiges incessantes des hélicoptères par-dessus la forêt jalonnée d'écharpes noirâtres. Les bombardements traquent les nuées d'oiseaux à travers la plaine.

Haj Menouar retrousse les basques de sa robe sur ses vieux mollets criblés de piqûres de moustiques. Une joie incoercible lui déforme les traits.

— Écoutez-moi cette symphonie, fait-il le pouce orienté vers le théâtre des opérations. Le Mal restera toujours un cancre impénitent. On va voir ce qu'ils ont vraiment dans le ventre, ces tueurs d'enfants.

Haj Baroudi opine du chef. Son dentier est sur le point de lui jaillir de la bouche. Le sourire d'une oreille à l'autre, il sautille au son des déflagrations.

— Ils vont leur clouer le bec une fois pour toutes.
— Ce n'est pas trop tôt, rechigne un vieillard.

— Mieux vaut tard que jamais, réplique Zane. On commençait à désespérer.

— Moi, se targue un montagnard en meurtrissant distraitement les oreilles de son baudet, ces types, je les sentais pas depuis le début. Ça se lisait sur leur sale gueule que ça allait mal tourner : pas un sourire, pas un mot gentil. Ils étaient en rogne jusque dans leur sommeil. Le sourcil plus bas que l'esprit. Des types comme ça, le seul service qu'ils peuvent rendre à leurs prochains est de crever. Ils ne savent rien faire d'autre que tuer et dévaster.

Zane approuve énergiquement de la tête et des mains.

Un essaim de moustiques pirouette autour du lampadaire. Il est minuit passé. Les feux, qui ravagent les forêts du djebel el-Khouf, accentuent la chaleur de la nuit. Zane n'a pas sommeil. Vautré sur un matelas dans la véranda, il fixe pensivement la porte du patio. Au loin, pareilles à de fausses notes, des détonations sporadiques fusent au milieu des stridulations. Ghachimat retient son souffle. Il ne sait rien faire d'autre, Ghachimat. Il cohabite avec sa claustrophobie.

Zane, lui, est serein. Il est petit de taille, mais vaste d'esprit. Il saura toujours négocier ses chances au gré des conjonctures. Il se retourne sur le dos, croise les doigts sur son ventre grassouillet, fier de son embonpoint naissant. Dans le ciel, des étoiles sémillantes lui font des clins d'œil. Il y en a une qui a l'air de s'amuser plus que les autres. Zane est sûr qu'il s'agit de la sienne.

On frappe à la porte. Sans hésiter, Zane va ouvrir. Un corps désarticulé lui tombe dessus, l'entraîne dans sa chute. Il le repousse des pieds, s'arc-boute contre le mur pour se dégager. Le sang sur les mains et sur sa robe lui arrache un juron.

L'homme par terre est blessé. Il agonise.

— Il ne manquait plus que ça, maugrée le nain en reconnaissant Tej Osmane.

Ce dernier tente de s'appuyer sur son fusil, s'agrippe à la porte et n'arrive pas à se relever.

— Tire-moi de là, geint-il.

Calmement, comme si de rien n'était, le nain met d'abord le kalachnikov hors de portée de l'émir, ôte le chargeur, actionne la culasse pour retirer la balle engagée, pose le tout sur la table basse et se penche sur Tej.

— Tu as au moins cinq gros morceaux de ferraille dans le buffet, constate-t-il. Tu n'as aucune chance de veiller tard ce soir.

— Va chercher le docteur Driss.

— Driss est un excellent vétérinaire, mais il n'est pas le bon Dieu. Je ne vois pas comment il va te retaper.

— Je t'en prie, ne perdons pas de temps, halète Tej d'un ton fiévreux.

— Moulay Naïm est cerné.

— Débrouille-toi...

Terrassé par son cri, Tej s'abandonne un instant avant de se ressaisir. Il remue ciel et terre pour se mettre sur son séant, s'adosse au mur, livide et frissonnant, et ferme les yeux pour récupérer. Zane lui écarte la veste pour ausculter ses blessures.

— Hum ! vilain, très vilain...

— Le docteur, vite...

Zane a dû approcher l'oreille de la bouche du moribond pour l'entendre.

— Tout de suite, patron, tout de suite. Tâche seulement de ne pas me souiller le parquet avec tes sécrétions.

Zane fait semblant de sortir chercher le docteur. Une fois dans la rue, il s'assoit sur une dalle, allume une cigarette et réfléchit à ce qu'il doit faire. Après quelques longues bouffées, il décide de ne rien faire du tout. Il consume tranquillement sa cigarette, compte et recompte les étoiles, puis il retourne auprès du blessé.

— J'ai dépêché quelqu'un, ment-il en s'asseyant sur la table. Il n'y a pas de danger, c'est un sympathisant. Driss sera là dans moins d'une demi-heure.

Tej le remercie d'un léger hochement de la tête. Ses yeux mourants s'attardent sur les plaies grumeleuses et béantes de sa poitrine, vont chercher ceux du nain beaucoup plus occupé à scruter ses ongles qu'à prêter attention au sang qui commence à se ramifier sur le sol.

— Quelle heure est-il ?

— J'sais pas.

— À peu près ?

— Peut-être une heure du matin, peut-être deux heures moins quelque chose. Tu attends quelqu'un ?

— Le docteur...

— Il y a des barrages partout.

Tej bat des paupières :

— Je ne vois plus bien.

— Ça doit être un début de strabisme. Depuis le temps que tu regardes les choses du mauvais côté.

— J'ai froid. Donne-moi une couverture.

— Tu n'en as pas besoin... Combien de survivants ?

Tej n'a pas suffisamment de souffle pour répondre.

— Aucun ?

Tej fait oui des yeux.

— C'était prévisible. À Ghachimat, on ne se faisait pas trop d'illusions. Au vu de l'armada et tout le bataclan lancés à vos trousses, on n'a pas donné cher de votre peau. C'est un miracle de te voir traîner encore par ici.

Tej ne perçoit pas le sarcasme du nain. Il se ramasse autour de ses blessures, à l'affût du moindre grincement de la porte dans l'espoir d'entendre arriver le docteur.

— Il ne viendra pas, lâche Zane en balançant les jambes dans le vide.

Tej fronce les sourcils.

Zane s'explique :

— Driss ne viendra pas. Je n'ai envoyé personne le chercher.

— Qu'est-ce que ça veut dire ?

Zane grimpe sur la table, se met à croupetons, les bras croisés sur les genoux.

— Quand j'étais môme, je m'asseyais toujours de cette façon sur le toit de notre gourbi. Je pouvais rester des heures dans cette position. Ma mère trouvait que je ressemblais à un petit moineau transi. Ce n'était pas exact. Je voulais être un vautour. Je surveillais le village du haut de mon perchoir comme un rapace guettant la curée. Je savais déjà, à cet âge sans réelles excuses, que j'étais né avec la patience d'un rapace, qu'aussi forte soit la survivance de ma proie, elle finirait par venir crever à mes pieds. Et tu es là, Tej Osmane fils d'Issa la Honte. *À mes pieds.*

Tej ne saisit pas tout à fait les propos du nain. Il croit délirer.

Zane bat des ailes à la manière d'un vautour avant de se raidir, curieusement hiératique, une main crochue devant la bouche pour faire bec d'oiseau de proie. Il a conscience de l'écho de chacun des mots qu'il profère, de l'équilibre de chacun de ses gestes. Ses joues bien remplies se mettent à tressaillir spasmodiquement. Ses lèvres esquissent une kyrielle de rictus haineux. Son ton se fraie un passage au fond de ses tripes, traverse sa gorge dans une giclée de fiel et atteint Tej avec la violence d'une vomissure :

— Nous étions deux gamins au rebut, Tej. Tu portais la honte de ton père, j'assumais celle du nabot. Les dieux et les hommes nous faisaient tourner en bourrique. Nous étions deux êtres différents, deux grossièretés écœurantes que tout le monde rejetait. Tu avais besoin de quelqu'un. J'ai pensé l'être et j'ai espéré, en échange, que tu deviennes mon quelqu'un à moi. À deux, on pouvait se soutenir, toi la *bête immonde,* et moi la *bête foraine*. Mais tu m'as déçu. Tu n'as pas été mon allié. Tu as été pire que les autres, Tej. Tu te servais de moi comme d'un torchon. Tu m'obligeais à porter la gandoura à longueur d'année, même en été, et tu me trimbalais dans les souks pour glisser dans mon capuchon les fruits que tu dérobais. Lorsqu'on nous mettait le grappin dessus, tu me montrais du doigt et tu faisais l'indigné pendant qu'on me tabassait. Lorsqu'on s'en tirait, tu raflais le butin et tu ne me laissais pas même un pédoncule. Je me disais qu'à la longue, tu allais t'assagir. Mais tu n'as pas changé d'un iota. Tu as continué de te servir de moi, de me trahir, de charcuter mon amour-propre. J'étais ta bête de somme, ton bouc émissaire, ton souffre-douleur, et je t'ai détesté comme tu ne peux pas t'imaginer.

— Nous étions gamins, Zane.

— Justement. Nous étions des gamins, fragiles et miséreux, tellement petits et tellement vulnérables, incapables de se défendre et incapables de comprendre. Si toi, tu n'as pas pardonné, comment veux-tu que je pardonne de mon côté ?

— C'est ridicule. Je ne pouvais pas savoir, à l'époque. J'ai été peut-être dur avec toi, mais sans m'en rendre compte, je t'assure. Je ne savais pas comment aimer. Je ne savais pas ce que c'était, l'amour. Pour le reste, ce n'est pas la même chose. Je ne me venge pas, non ; je me bats pour un idéal...

— Tsst ! Tsst ! Je ne suis pas ton émule. On ne me la fait pas. Des types comme toi et moi, ça n'a pas d'idéal. De simples prétextes suffisent à les déchaîner. Je suis certain que tu ne crois même pas en Dieu.

Tej suffoque. Ses mains s'égarent, griffent le sol, se blessent.

— Pense à ce que j'ai fait de toi, aujourd'hui : la fortune que je t'ai aidé à amasser, la maison, le lot de terrain, la boulangerie...

Zane ricane dédaigneusement :

— Sais-tu pourquoi les nains sont petits, Tej ?

C'est parce qu'ils passent plus de temps à ruser qu'à pousser. Depuis le début, je savais que tu étais le bon cheval. J'ai misé mon destin sur toi. Tu étais ma bague de Salomon, je te tournais sur mon doigt au gré de mes désirs. Un pion, c'est tout ce que tu as été pour moi. Comme Kada Hilal l'a été pour toi. Maintenant que je t'ai consommé, il va falloir que je me débarrasse de ta charogne.

Tej tente de se relever. Ses dernières forces le désertent. Il retombe contre le mur, la poitrine folle, la figure suppliciée.

— Tu es mort, Tej. Tu commences déjà à sentir mauvais.

— Qu'as-tu l'intention de faire ?

— Ta tête est mise à prix. Il me faut empocher la prime, c'est la moindre des choses. Le reste va s'enclencher tout seul. Demain, il n'y aura qu'un seul nom dans la bouche des gens : Zane, l'héroïque Zane, le tombeur d'Osmane Tej Ed-Dine, calife de l'Apocalypse.

— Je te croyais de mon côté.

— On est en démocratie, chéri : chacun *se doit* de défendre ses intérêts.

— Espèce de chien ! s'étrangle Tej.

— Que reproches-tu aux chiens, fils de la Honte ? Ils n'ont pas de préjugés, eux. Ils ont beau être nos meilleurs amis, nous nous obstinons à les attacher dans des niches et à leur confier nos paillassons à garder ? C'est parce que nous n'avons jamais su les mériter que nous ne méritons pas d'être mieux traités qu'eux.

Tej rejette la tête contre le mur dans un râle. Ses

yeux s'affolent. Un ultime spasme lui fouette le cou. Son regard vacille lorsqu'un filament sanguinolent échappe des commissures de sa bouche. Il glisse lentement sur le côté et ne bouge plus.

Du haut de son perchoir, Zane redresse la poitrine et se prépare à déployer *ses ailes* de vautour sur le corps gisant à ses pieds.

Imprimé en France par **CPI**
en juin 2016
N° d'impression : 3017567

POCKET - 12, avenue d'Italie - 75627 Paris Cedex 13

Dépôt légal : août 1999
Suite du premier tirage : juin 2016
S20491/07